오늘도 나를 대접합니다

· 맛있는 위로의 시간

일러두기

- 시집이나 단행본 제목은『 』, 시나 단편 개별 제목은「 」, 잡지는《 》, 연극 영화 드라마 기사 등의 제목은〈 〉로 표시했다.
- 음식명 등 외래어 표기는 국립국어원 외래어 표기법을 따랐으며 입말이 더 많이 쓰이는 경우는 예외로 두었다.

오늘도 나를 대접합니다

· 맛있는 위로의 시간

강효진

나와
잘 지내는
시간 02

구름의시간

들어서며

무엇을 하든 결국 세상은 내 뜻대로 되지 않을 거라는 예감이 나를 놓아주지 않았던 때가 있었다. 그러면서도 세상과 잘 지내는 척하며 살았다. 외로움을 들키지 않으려 애쓸수록 내가 밉고 초라했다. 관계에 집착했고, 자꾸만 어긋났다.

그렇게 살아가는 동안 많은 일들이 생겼다. 열심히 하는 일일수록 곧잘 틀어지고 어그러졌다. 왜 내게만 이런 일이 생기는 걸까 골몰하느라 잠들지 못했고, 그런 긴긴밤이 친숙하게 느껴질 즈음 몸에는 이상 신호가 하나둘씩 나타나기 시작했다. 주로 스트레스를 조심하라는 진단이 전부인 증상들이었다.

온갖 병원을 들락거리며 열심히 약을 먹어도 쉬이 낫지 않는 내 몸을 들여다보다가 문득 깨달았다. 나를 봐주지 않는 세상을 원망하느라 스스로를 너무 함부로 대했다는 것을. 세상이 아무리 문제투성이라고 해도 내 세상에서는 내가 가장 문제였다는 것을. 이상하게도 내가 문제라고 생각하고 나니 오히려 마음이 편해졌다.

마음이 아프면 몸도 아파진다는 걸 톡톡히 배운 터라 나를 위해 맛있는 음식을 만들기 시작했다. 그때부터 뭔가 조금씩 달라지기 시작했다. 처음엔 잘 먹어 배속 든든해진 몸이, 그다음엔 스스로에게 다정해진 마음이, 어느새 소중해진 삶까지. 나 자신과 잘 지내게 되면서 풀리지 않는 숙제 같았던 관계들에도 변화가 생겼다. 사랑하면서도 가장 미워했던 엄마와의 관계도 달라지기 시작했다.

몸이 나아지자 마음의 양식까지 챙길 수 있는 여유도 얻게 되었다. 다시 책을 읽고, 좋은 사람들과의 다양한 독서 모임에 참여하고, 작은 일상을 날마다 글로 적었다. 신기하게도 보잘것없던 내 삶에 갓 지은 밥처럼 윤기가 흘렀다. 이 모든 것이 소박한 밥 한 그릇에서 시작된 것 같다. 오롯이 나를 대접하는 따뜻한 밥 한술.

당신도 자신과 잘 지냈으면 좋겠다. 그러기 위해 누구보다 먼저 스스로를 대접했으면 좋겠다. 그 방식은 저마다 다르겠지만, 당신만의 방식을 찾는 여정에서 내 이야기가 당신 곁의 친구가 되었으면 좋겠다는 바람을 가져본다. 오랫동안 어떤 바람도 없이 살던 내가 이름도 얼굴도 모르는 당신을 위한 바람을 갖게 되다니. 이보다 더 좋은 일이 있을까.

목차

들어서며 5

I 새롭게 시작하려고 대접합니다

울다가 '희희' 웃은 아침 | 냉장고 파먹기 잡채 13

기어이 생색내고 싶은 날에는 | 감자 옹심이 25

관계가 버거운 날 | 커피 그늘 37

거리를 두어야 한다면 | 홍차처럼 48

새롭게 다시 시작하고 싶은 날 | 떡국 한 그릇 58

내가 꽃을 좋아하는 방법 | 국화전 70

오늘치 기쁨 | 머위 파스타 77

기나긴 겨울밤을 베어 먹기 | 무전, 배추전, 당근전 84

II 있는 그대로 대접합니다

나를 오롯이 대접하는 | 자발적 혼밥 95

어쩌다 비건에 가까이 | 나만의 샌드위치 105

뚜껑을 활짝 열고 싶은 날 | 도시락의 비밀 115

한 가지 음식만 먹어야 한다면 | 김밥, 김밥, 김밥 123

대식하는 미식가를 위한 메뉴 | 온전한 비빔밥 131

비운 뒤에 채우고 싶은 시간 | 찐 감자와 꽈리고추찜 140

Ⅲ 한 그릇 더 대접합니다

완벽한 하루 | 시판 냉면도 더 맛있게 151

초록의 맛 | 라면이 먹고 싶을 때 161

사심 가득한 방문 | 소목의 책과 음식 168

입맛이 닮았네요 | 엄마와 도토리묵 176

시와 비굴 레시피 | 똠얌꿍과 함께 183

우리 집에 달인이 살아요 | 야심찬 사과 195

개다리소반의 추억 | 식혜의 자리 205

나의 자매들과 함께하는 | 링가링가한 삶의 맛 215

오늘도 나를 대접합니다 테스트 226

I

새롭게 시작하려고 대접합니다

울다가 '희희' 웃은 아침

냉장고 파먹기 잡채

내 왼쪽 눈 밑에는 동그란 눈물점이 있다.

그래서 그런가, 나는 어릴 때부터 참 잘 울었다. 우는 모습을 보이는 것이 창피해 무슨 일이 있어도 눈물을 참는다는 친구들을 이해하기 어려웠다. 어떻게 눈물을 참지? 어른이 되어서도 나에게는 늘 창피함보다 눈물의 힘이 더 셌다. 그럴 때 누군가가 등까지 토닥여 주면 나의 눈물샘은 폭발하기에 이르고 만다. 그런가 하면 남들보다 먼저 크게 잘 웃기도 한다. 내 결혼식 날에도 웃음이 터져서 난감해졌을 정도로…….

결혼식이라는 번거로운 절차가 피곤하긴 했지만,

이 잠깐의 연극을 마치면 주나 씨와 헤어지지 않고 함께 살 수 있어서 그리고 드디어 부모님으로부터, 누구보다도 엄마에게서 독립할 수 있다는 사실이 그토록 기뻤던 것 같다. 나도 모르게 너무 웃고 있었나 보다. 신부 입장을 하기 직전, 부케를 쥔 손으로 드레스 자락을 바투 잡았을 때, 누군가 내 등짝을 쳤다. 나를 어릴 때부터 보아온 엄마 친구분이었다.

“효진아, 그만 좀 웃어. 어쩜, 무슨 신부가 부끄럼도 모르고 그렇게 웃니?”

내가 무얼 부끄러워해야 하는 걸까. 잠시 그런 생각이 들었지만 곧 아빠의 팔짱을 끼고 신부 입장을 했다. 신부용 힐을 신으면 키가 그리 크지 않은 주나 씨가 덜 돋보일까 봐 나는 양말만 신은 채였다. 그 가벼운 발로 더 당차게 걸을 수도 있었지만, 엄마 친구분의 핀잔 때문이었는지 조금은 부끄러운 표정을 지어야 할 것 같아 평소 같지 않게 다소곳이 눈을 내리깔고 걸었다.

지루했던 주례사 끝에 양가 부모님께 인사를 하려고 돌아섰을 때에야 화가 난 듯 굳은 표정으로 눈물을 닦고 있는 엄마가 보였다. 순간 내가 너무 기뻐하기만 했나 싶어서 가슴이 덜컹했다. 엄마로부터 독립한다는 것이 기쁘기만 한 내 속마음을 들킨 것 같아서, 나와 헤어지는 엄마의 슬픈 마음을 몰라주는 나쁜 딸인 것 같아서…….

신혼여행에서 돌아와 남아있는 내 옷가지들을 챙기러 부모님 집에 갔던 날, 내가 내 물건들을 챙기고 나면 영영 못 보게 될 것처럼 엄마는 많이 울었다. 엄마가 우는 걸 보고도 끝까지 달래주지 못하고 돌아온 것이 마음에 걸려서 주나 씨를 안고 잠시 울기도 했지만 좋아하는 사람과 새로운 삶을 시작할 수 있다는 것이 좋았다.

문제는 그다음부터였다. 나는 결혼을 해서 엄마로부터 독립하고 싶었는데 엄마는 그렇지 않았다. 엄마는 하루가 멀다 하고 늦은 밤에 전화를 했다. 자정이 가까운 시간에 전화벨이 울리면 그건 엄마가 그날 술을 마시고 몹시 슬퍼하고 있다는 신호였다. 내가 보고 싶다는, 내가 없어서 온 집안이 휑하다는 이야기. 엄마는 이렇게 슬픈데 너는 괜찮냐는 이야기. 술을 마시고 집에 왔는데 내가 없다며 엄마는 울먹였다. 그런 전화는 1시간 이상 계속되기 일쑤였다.

이모들 말로는 내가 결혼한 후 엄마는 한 달을 매일 울며 지냈다고 했다. 멀리 떨어져 사는 것도 아닌데, 나를 매일 볼 수 없다는 것이 그토록 슬픈 일인가. 그러면서도 엄마가 슬퍼하는 목소리를 들으면 마음이 아팠다. 그럴 때마다 내가 무엇을 어떻게 해야 하는지 막막해졌다. 나는 엄마에게 더 자주 전화를 했고, 주말이면 엄마를 만나러 가곤 했다.

하지만 엄마의 늦은 밤 전화를 한결같이 기분 좋게 받을 수는 없었다. 엄마가 슬픔이 온전히 내 탓인 양 화를 내는 날도 많았기 때문이다. 그런 날 조금이라도 피곤한 기색을 보이면 그날로 나는 몹쓸 딸이 되었다. 결혼한 내 걱정에 힘든 엄마를 이해하지 못하는 냉정한 딸이 되어 전화를 끊은 날이면 나는 불안했다. 내가 엄마의 슬픔과 외로움을 위해 해야 할 무엇인가를 하지 못한 채 그저 손 놓고 있는 기분. 그것은 내게 죄책감으로 남았다.

결혼하고 3년쯤 지난 겨울, 주나 씨가 운전을 하다가 앞차를 받는 사고가 있었다. 앞에서 달리던 차가 급브레이크를 밟으면서 뒤따라 달리던 주나 씨도 급정거를 하다가 눈길에 미끄러진 것이었다. 다행히 다친 사람은 없었지만 문제는 돈이었다. 들이받힌 앞차는 보험으로 해결했지만, 우리 차는 그럴 수가 없었다. 자차 보험을 들지 않은 상태였기 때문이다. 게다가 사고를 당한 차보다 사고를 낸 우리 차의 피해가 더 컸다. 이미 탈 만큼 탄 차였기 때문에 주변에서는 이참에 폐차시키는 것이 낫다고들 했지만, 우리는 선뜻 폐차를 결정할 수가 없었다.

주나 씨가 대학 졸업 후 취직을 하면서 중고로 싸게 마련한 첫 차이자 2년간 데이트를 할 때도, 결혼 후에도 우리를 태우고 전국 방방곡곡을 함께 쏘다녀서 정이 들어버린 녀석이었다. 우리는 직접 차를 수리해서 돈도 아끼고 차도 더 타기로 결정했다. 다행히 주나 씨가 자동차 정비사 자격증이 있어서 가능했던 일이다. 그렇게 문제를 해결하고 있었는데 엄마에겐 그게 우리만의 문제가 아니었다.

며칠 뒤 자정 즈음에 요란한 전화벨이 울렸다. 역시 엄마였다. 엄마는 차를 새로 사는 게 낫지 않겠느냐는 이야기를 꺼냈다. 나는 우리 사정을 설명했다. 당장은 차를 구입할 여유가 없고, 이번 일은 나름대로 잘 해결하고 있으니 걱정말라고 하고 전화를 끊었다. 그날은 엄마가 술을 마시고 전화한 것도 아니었고 통화도 평소보다 짧았기에 엄마가 뭔가 다른 걱정거리가 있는 건 아닐까 생각하기도 했는데, 나는 눈치가 없었던 것 같다.

다음 날 언제나처럼 안부 전화를 하면서 주나 씨와 내가 엄마가 다른 할 말이 있었던 게 아닐까 생각했다고 이야기하는 순간 엄마는 주나 씨 차 사고 때문에 너무 걱정이 되어서 잠도 못 자고, 중고차라도 사줘야 할까 어쩌야 할까 별별 생각을 다 했는데, 너희는 기껏 엄마가 그 시간에 왜 전화를 했을까 그런 이야기나 했냐며 화를 냈다. 그러고 나서 엄마는 며칠간 내 전화를 받지 않았다.

엄마가 전화를 받지 않으면 나는 엄마가 전화를 받을 때까지 계속 전화한다. 엄마가 나에게 화난 것이 명백한 상태로 시간을 보내는 것보다 더 고통스러운 일은 없었다. 그 상황을 어떻게든 빨리 끝내고만 싶었다. 며칠을 묵묵부답이다가 마침내 퉁명스레 전화받는 엄마 목소리를 들으면 나는 울며 반성한다. 나의 무심함과 경솔함에 대하여. 그러면 엄마는 나 때문에 얼마나 힘들었는지를 털어놓으며 나의 눈물 어린 뉘우침을 받아들여 준다. 나는 잃어버렸던 엄마와의 평화를 되찾고 이 평화를 지키기 위해 더욱 열심히 전화를 하는 것이다. 엄마의 말을 귀 기울여 듣는 착한 맏딸의 위치를 되찾은 것에 안심하면서.

머리로는 생각한다. 엄마가 감정적으로 나를 밀어낼 때, 엄마와 거리를 두는 것이 낫다고. 주나 씨는 괴로워하는 나를 보며 너무 마음 쓰지 않는 것이 좋겠다고 이야기한다. 나도 나를 거부하는 엄마를 잊어보려 한다. 이 상황에서 내가 할 수 있는 건 없다고. 그간 있었던 일을 하나하나 복기한다. 아무리 생각해도 마찬가지라는 것을 확인하면 할수록 나는 엄마에 대한 생각에서 놓여나지 못한다. 엄마가 미우면서도 엄마가 없으면 살 수 없는 사람이라도 된 것처럼 무기력해진다. 나는 그렇게 엄마와의 거리를 넓히려고 애쓰고, 그러다가는 여지없이 실패하곤 했다.

그렇게 또다시 애쓰다가 실패했던 주말 아침. 내 전화를 받지 않는 엄마에 대한 생각과 엄마에 대한 생각에서 벗어나고 싶다는 생각 사이에서 밤새 시달리다가 일어난 나는 하루를 시작하기도 전에 이미 기진해 있었다. 먼저 일어난 주나 씨가 거실로 나오는 나에게 아침 인사를 하며 다가와 안아주는데 나도 모르게 왈칵 눈물이 쏟아졌다. 아침부터 눈물 바람이라니 이건 아닌데, 혼자 웅얼웅얼하다가 주나 씨의 토닥임에 조금 더 울고 말았다. 눈물을 닦고 거울을 보니 울어서 조금 붓기는 했지만 여전히 퀭한 눈의 내 모습이 덩그러니 있었다. 눈두덩이 푹 꺼진 내 눈은 이 정도 울어서는 그다지 붓지도 않는다. 나는 눈이 적당히 부은 모습이 나름 잘 어울리고 귀여운데 말이다.

눈물도 많지만 웃음도 많은 나. 그런 나답게 언제 울었냐는 듯이 금세 '희희' 웃었다.

희희!

'희희'는 친구가 알려준 단어이다. 언젠가 내게 메시지를 남기면서 이야기 끝에 '희희' 하고 웃었는데, 그 웃음이 그렇게 예쁠 수가 없었다. 사전에도 등재된 단어라기에 표준국어대사전을 찾아보니 정말 순우리말 '희희'부터 한자가 조금씩 다른 '희희'까지 네 개의 '희희'가 나란히 웃고 있었다. 평소 내가 웃던 '히히'보다 더욱 화사한 '희희'.

희희 웃고 나니 배가 고프기 시작했다. 아니 울고 났으니 허기진 게 당연할까. 뭘 먹는 게 좋을까 싶어 냉장고를 열어 보니 마늘종 볶음을 만들려고 사둔 마늘종 한 단과 파프리카 두 개가 있었다. 그렇다면 잡채가 좋겠다 싶었다.

"잡채를 만든다고? 지금? 갑자기?"

주나 씨가 눈이 동그래져서 물었다. 갑자기 잡채가 먹고 싶은 지금이야말로 잡채를 만들어 먹기 가장 좋은 때인 것 같은데. 잡채가 먹기 싫으냐고 되물으니 그건 또 아니란다.

'흐음, 그렇다면 잡채를 더 넉넉히 해야겠군.'

냄비에 물부터 끓인다. 물이 팔팔 끓으면 불을 끄고 넉넉히 꺼낸 당면을 담가두고는 냄비 뚜껑을 닫은 채로 10분 정도 기다린다. 그사이에 마늘종과 파프리카를 먹기 좋게 썬 뒤에 간장 양념을 조금씩 해가며 팬에 볶는다. 10분이 지나면 불린 당면을 건져서 볶아둔 채소들과 함께 양념을 조금 더 첨가하면서 볶아주면 끝. 나는 살짝 매콤한 것을 좋아해서 청양 고추도 쫑쫑 썰어 넣었다. 마지막으로 참깨를 솔솔 뿌려주면 초간단 잡채 완성.

양념할 때 빼먹은 후추를 찹찹 갈아 뿌려서 후루룩 후루룩. 다른 것 다 잊고 잡채를 실컷 먹었다. 아니 들이마셨다. 야들야들 부들부들한 면발이 후룩후룩 넘어가면 달콤한 파프리카와 아삭한 마늘종이 입 안을 상큼하게 마무리해 주었다.

내가 만들었는데도 이렇게 맛있을 수가 있나. 요리를 많이 하는 분들은 음식을 만들다 그 냄새에 질려서 입맛을 잃는다던데, 나는 얼마나 더 음식을 만들어야 음식 냄새가 지겨워질까.

내 손으로 만든 음식으로도 달래지지 않는 슬픔이 오는 날도 있을까. 엄마가 음식 만들기를 즐기지 않았던 것은 음식으로는 엄마 스스로를 위로할 수 없었기 때문이었을까. 거기까지 생각하다 보니 거짓말처럼 식욕이 사라져 버리고 말았다.

"입맛이 없어서 더는 못 먹겠어."

내가 기운 없이 젓가락을 내려놓자 다시 한 번 주나씨 눈이 휘둥그레진다.

"너 지금 세 그릇째거든?"

잡채를 볶은 팬을 보니 그 많던 잡채는 보이지 않고, 채소와 당면의 잔해들만이 팬 바닥에 안타깝게 들러붙어 있었다.

"도대체 누가 다 먹은 거야?"

나의 당황스러운 질문에 주나 씨가 웃었다.

희희.

희희.

우리는 마주보며 바보처럼 '희희' 웃었다. 울다가도 잘 웃고, 맛있는 음식 하나만 있으면 슬픔도 잠시 잊을 수 있는 나. 이런 나라서 다행이다.

울다가 먹어도 맛있는 냉장고 파먹기 잡채

1. 속상해서 눈물 나는 날 커다란 냄비에 물을 넉넉히 넣고 속이 풀리도록 팔팔 끓인다.
2. 물이 끓으면 불을 끄고 당면 두 줌을 넣은 뒤 뚜껑을 덮고 10분 정도 불린다. (먹을 만큼만 만들 때는 따로 찬물에 식히지 않는다.)
3. 냉장고에 있는 채소 중 뭐든 꺼내어 썬다. 오늘은 파프리카와 마늘종 당첨.
4. 당면을 불린 지 5분 정도 되었을 때 달군 팬에 현미유를 붓고 썰어둔 채소를 넣고 간장을 한 숟가락 넣어 볶는다. 매콤한 걸 좋아한다면 이때 쫑쫑 썬 청양 고추 추가.
5. 4의 팬에 불린 당면을 옮겨 담고 간장을 약간만 더 첨가하여 마지막으로 볶아준다.
6. 잡채를 그릇에 담고 후춧가루를 찹찹, 참깨를 솔솔 뿌려서 눈물을 닦고 맛본다.
7. 이제 웃는다.

기어이 생색내고 싶은 날에는

감자 옹심이

세상은 아직도 부부라면 아이를 낳고 키우는 것이 당연하다고, 두 사람 각자의 인생에서 만나보지 못한 소중한 존재를 함께 품고 키우는 삶을 살아야 한다고 말한다.

중학교 때 열렬히 짝사랑했던 선생님이 있었다. 나는 선생님이 너무 좋은데 아무래도 선생님과 결혼하는 건 불가능할 것 같기에 당시 노동 운동을 하느라 휴학 중이던 막내 이모를 소개해야겠다는 생각을 했다. 그러면 가족이 되어 선생님을 오래오래 뵐 수 있을 테니까. 안타깝게도 나의 이 천재적인 아이디어는 실현되지 못했다.

결혼을 하고 나서 오랜만에 선생님을 찾아갔을 때 선생님은 인생에서 아이를 낳은 것보다 잘한 일은 없는 것 같다는 경험담을 들려주면서 아이를 꼭 낳으라는 덕담을 건넸다. 하지만 내 생각은 달랐다. 짝사랑이 이루어지지 않은 것도, 우리 이모부가 되어 가족이 되지 못한 것도 다행이란 생각이 들 정도로 선생님 말씀에 동의할 수 없었다.

엄마는 더도 말고 덜도 말고 아이를 딱 하나만 낳으라고 했다. 낳기만 하면 무조건 키워주겠다는 회유에서부터 아이를 낳을 때까지 나를 안 보겠다는 강경책을 펼치더니 마침내는 이 세상에 있는 모든 피임 기구 공장을 불태워 버리겠다는 것이 아닌가. 이런 조언과 협박에도 내 생각은 달라지지 않았다.

그러던 어느 날 엄마가 모든 걸 내려놓은 듯한 목소리로 말했다.

"부부가 유별나게 사이가 좋으면 하늘이 시샘을 해서 애가 안 들어선다더니, 어쩌면 그 말이 맞는가 보다."

엄마는 남들처럼 아이를 낳지 않고 별나게 구는 나에게 '유별나게 사이좋은 부부'라는 이름이라도 붙여주고 싶었는지도 모른다. 아니 유별나게 사이좋은 부부로 살아가고 싶은 건 바로 나였을까. 하나만 알고 둘은 모르는, 남들은 빈약하다고 말하는 세계. 오직 주나 씨만이 크고 중요한 세계.

그런 내가 주나 씨 생일을 까맣게 잊은 날이 있었다.

그날도 산책을 한 뒤 머리를 감고 젖은 머리카락을 말리던 중이었다. 코로나 때문에 친구들과 점점 더 멀어지고 있다는 생각이 엉킨 머리카락처럼 뒤섞여 있었고, 그 사이에서 J가 떠올랐다. J의 생일이 이맘때였는데……. 주나 씨 생일이 J보다 열흘 정도 빠르지, 아마. 그럼 곧 주나 씨 생일인가? 설마 지난 건 아니겠지? 오늘이 며칠이더라?

날짜를 떠올린 순간, 너무너무 불길했다. 설마, 그럴 리가. 아니, 아닐 거야. 아니기를 간절히 바라며 달력의 음력 날짜를 찾아보았다. 그리고 아닌 게 아니라는 것을 확인할 수 있었다. 주나 씨의 생일이 보름이나 지나 있었다.

어떻게 이토록 까맣게 잊고 지냈을까. 이제는 내가 살아가는 유일한 이유가 되어버린 사람의 생일을. 내가 태어난 날을 가장 기쁘게 여기는 이가 그였으면 좋겠다고 바랐으면서.

나는 너무 당황스러워 직장에서 일하고 있을 주나 씨에게 평소에 안 하던 전화를 했다.

"알고 있었어? 생일이 보름이나 지났어!"

"아, 난 또 뭐라고. 괜찮아."

"아니, 알고 있었단 말이야? 근데 왜 말 안 했어?"

"얼마 전에 단옷날이 언제냐고 묻길래, 아, 단오 전날이 내 생일이라 묻나 보다 했지. 근데 아니더라고?"

킥킥 웃으며 답하는 주나 씨 목소리에 떠올랐다. 단옷날에는 약떡이라고 부를 정도로 몸에 좋다는 수리취떡을 즐겨 먹는 풍습이 있다는 글을 찾아 읽었던 것을. 내가 다니는 떡집에는 수리취떡이 없어 빛깔이 꼭 닮은 쑥인절미를 사 먹었더랬다. 그때가 주나 씨 생일이었구나. 나는 민망해져서 마구 소리를 질렀다.

"내가 깜빡한 것 같으면 말을 해줘야지, 왜 말도 안 하고 가만히 있어? 사람 미안하게……."

"나, 사실은 생일 트라우마가 있어."

'응? 갑자기 나도 모르던 트라우마가?'

"생일엔 꼭 나쁜 일이 생기거나 다치는 불상사가 일어날까 봐 걱정되거든. 근데 그때가 주말이라 집에서 같이 밥 먹고 논 덕분에 나쁘거나 위험할 일이 없어서 좋았어."

아무렇지도 않은 목소리로 얘기하니까 더 미안해서 나는 어깃장을 놓았다. 이번에 생일을 제대로 챙기지 못한 건 내가 바쁘고 정신없는 걸 배려하지 않고 귀띔해 주지 않은 주나 씨 잘못이라고. 알았다며 껄껄 웃는 주나 씨를 뒤로하고 전화를 끊었다.

정말 괜찮은 걸까? 나라면 무지 서운했을 텐데. 아니 서운해하기 전에 먼저 내 생일이라고 동네방네 소문내고 다녔을 텐데, 어떻게 저런 반응인가 싶어 인터넷 익명 게시판에 투표글을 올렸다.

'동거인이 내 생일을 잊어버리고 보름 넘게 몰랐다면?'

239명이 투표에 참여한 결과, 78%가 '빡친다'로 1위였다. 13%를 받은 2위는 '까먹기 전에 내가 말한다', 7%가 '좀 서운하지만 괜찮다', 단 세 명만이 '아무렇지도 않다'고 답했을 뿐이었다. 이 글에 댓글이 몇 개 달렸는데, '그 계절이 오면 아끼는 사람의 생일이 저절로 떠올라야 정상 아니냐'로 시작해서 '미친 거 아니냐', '난 결국 내 생일을 잊어버린 그 사람과 헤어졌다'까지, 대체로 화가 난 어조를 띠고 있었다.

주나 씨는 이 정도로 서운한 것 같지는 않았지만, 그냥 넘어가기엔 내가 서운했다. 비록 너무 많이 늦었지만 주나 씨를 위해 정성이 들어간 생일상을 차려주고 싶었다.

그때 떠오른 메뉴가 감자 옹심이였다. 감자 옹심이는 주나 씨와 강원도 여행을 갈 때면 부러 찾아가 먹을 정도로 좋아하는 메뉴였다. 한 번쯤 꼭 만들어 보고 싶었지만, 옹심이를 만드는 것이 보통 손이 많이 가는 게 아니라고 들었던 터라 선뜻 엄두를 내지는 못하고 있었다. 주나 씨의 놓쳐버린 생일을 기념하며 옹심이를 만들면 특별한 추억이 되겠다는 생각이 들었다. 마침 감자 5kg 한 박스를 사다 놓아 재료도 넉넉했다. 부담없는 가격에 입맛 없을 땐 껍질째 쪄먹기만 해도 맛있어서 우리 집엔 감자가 계절 불문하고 상비되어 있다. 상비약 아니고 상비 감자.

감자 옹심이 레시피를 검색해 가면서 마음의 준비를 단단히 하고 마침내 감자 옹심이 만들기에 돌입했다. 우선 감자를 갈아서 물을 잘 빼주어야 한다. 강판에 갈면 옹심이의 식감이 훨씬 좋다는데 일단 강판이 없고, 이만큼 정성을 들이는 마당에 강판에 갈 정성 정도는 생략해도 되지 않을까 싶었다. 믹서에 감자를 다섯 개 정도 넣고 갈았다. 채반에 잘 삶아 두었던 면보를 깔고 면보 위에 간 감자를 올렸다. 간 감자의 물기가 어느 정도 빠질 때까지 기다렸다. 대략 1시간 정도?

이제 본격적인 옹심이 만들기가 시작되었다. 간 감자를 면보로 감싸서 물기를 꼭 짰다. 레시피를 찾아본 바로는 감자에 남아있는 물기를 제대로 짜주지 않으면 끓이는 동안 옹심이가 다 풀어져 형태가 뭉그러진다고 했다. 그것에 대비해서 어떤 레시피에서는 물기를 어느 정도 짠 후에 따로 감자 전분을 간 감자에 섞어서 옹심이를 빚기도 한단다.

하지만 내가 누구인가. 이제까지 만들어 본 적도 없는 감자 옹심이를 내 손으로 만들어 주겠다고 주나씨에게 큰소리 땅땅 친 사람 아닌가. 게다가 감자 전분 없이도 만들 수 있는 것을 굳이 돈 주고 사면서까지 넣고 싶지 않았다. 감자 전분 대신 내 힘과 노동력을 갈아 넣자. 면보를 들고 마구 쥐어짜기 시작했다. 짜도 짜도 면보에서는 흥건하게 물이 흘러나왔다. 그럴수록 더욱 열심히 짰다. 오로지 쫄깃쫄깃한 감자 옹심이를 주나 씨에게 먹이고, 그 덕에 나도 먹겠다는 일념으로. 아니 내가 먼저 맛있게 먹고 주나 씨도 먹이겠다는 일념이었나. 여하튼 내 두 팔과 두 어깨를 다 바쳐 짜고 또 짰다. 면보를 틀어쥐고 힘을 주는데 나도 모르게 '으으윽' 하는 신음 소리가 절로 나왔다.

퇴근한 주나 씨가 인상 쓰는 내 얼굴을 보고는 너무 힘들어 보인다며 자기가 짜주겠다고 했다. 나는 단호히 거절했다. 이건 주나 씨의 지나버린 생일을 더 많이 축하하기 위한 과정인데, 주나 씨의 도움을 받으면 그 의미가 훼손되는 것 같았다. 정말 괜찮겠냐는 주나 씨를 부엌에서 내보내고 나는 있는 힘을 다했다. 나의 쫄깃한 옹심이를 위해. 아니 아니, 주나 씨를 위해. 이때만 해도 몰랐다. 물기를 심하게 짜면 옹심이의 식감이 딱딱해질 수도 있으니 조심하라는 레시피의 문구가 내 이야기가 될 줄은.

정말 물기가 많이 제거됐다 싶어 면보를 펼쳐 보았다. 믹서에 간 감자는 어디 갔는지, 보송보송하고 뽀얀 찹쌀 반죽 같기도 하고, 굳혔다가 냉장고에서 막 꺼낸 리코타 치즈 같기도 한 어여쁜 자태의 반죽이 둥그렇게 뭉쳐져 있었다.

채반 밑에 받쳐둔 그릇에서 물은 따라 버리고 가라앉은 전분 앙금을 감자 반죽에 섞어 옹심이를 빚기 시작했다. 수분을 충분히 짜낸 덕분인지 옹심이가 동글동글 잘 빚어졌다. 내가 만들면서도 감자가 이렇게 밀가루처럼 반죽이 되고 빚어지는 게 신기하기만 했다. 다 빚은 후 접시에 옹기종기 모여있는 옹심이가 어찌나 귀엽던지.

멸치와 다시마를 넣어 육수를 낸 후 애호박, 당근, 양파를 넣고, 감자의 풍미를 더 살리고 싶어 감자도 썰어 넣었다. 그러고는 대망의 옹심이 투척! 소금이랑 국간장으로 간을 하고 그릇에 담아 구운 김을 가루 내어 뿌렸다. 참깨도 솔솔.

알타리무 김치와 엄마의 묵은지까지 조금 꺼내어 담고 주나 씨를 식탁에 앉혔다. '이것 봐, 이걸 내가 만들었다니까, 무지 감동일 거다!' 하는 눈빛으로 기세등등해서.

감자 반죽으로 빚었을 때는 매끈했던 옹심이가 익고 나니 미세한 솜털이 달린 뜨개볼 같기도 하고, 꼬마가 어설피 뭉쳐 눈송이가 보송보송한 작은 눈덩이 같기도 했다. 뿌듯한 마음으로 옹심이를 입에 넣었다. 얼마나 쫄깃할까? 호기심과 기대로 씹었는데, 쫄깃은커녕 조금만 더 쫄깃했다가는 딱딱할 뻔한, 간신히 딱딱함은 면한 그런 식감이었다.

다행히 주나 씨는 맛있다면서 꿀떡꿀떡 잘도 먹었다. 그럼, 내가 얼마나 정성을 다했는데! 정성을 생각하면 맛있을 수밖에 없지, 근데 어떻게 맛있다면서 감동의 눈물도 한 방울 안 흘린담, 중얼대며 온갖 생색을 다 냈다는 뒷이야기.

그렇게 늦은 생일을 축하하는 하루가 다 지나고 밤이 되었는데, 원인을 알 수 없는 통증이 목부터 어깨, 팔뚝까지 한꺼번에 몰려들기 시작했다. 평소대로 스트레칭을 하는데도 쉬이 사라질 것 같지 않은 기분 나쁜 뻐근함에 온몸에 힘이 다 빠졌다. 한참 목을 주무르다가 뒤늦게 깨달았다.

'아, 감자 옹심이. 내가 오늘 평소 안 하던 짓을 했었지. 주나 씨가 짜주겠다고 할 때 멋진 척하지 말고 해달라고 할 걸.'

인생 최초의 감자 옹심이를 만들다가 내 인생 처음 파스를 구입하고 말았다. 파스를 붙이고 있는 동안엔 그럭저럭 시원한 것 같다가도, 좀 괜찮나 싶어 파스를 때면 어느새 목과 어깨가 쑤시고 딱딱하게 굳었다. 나는 누가 시키지도 않은 수고를, 감당하지 못할 애를 너무 많이 쓴 것이었다.

그래도 이토록 당신을 아낀다는 걸 기어이 생색내고 싶은 마음, 그렇게 생색을 내서 나 역시 그에게 소중한 존재로 오래오래 살아가고 싶은 마음을 전하고 싶었나 보다. 주나 씨에게 내 존재감을 강력하게 드러내며 맛있는 생색을 낼 수 있다면 인생 두 번째 파스쯤은 두렵지 않았다.

정작 두려운 건 아이를 낳지 않고 살아가는 우리 같은 부부를 바라보는 세상의 시선인지도 모른다. 사람들이 당연하다고 여기는 데에서 한 발짝만 벗어나 있어도 잘못되었다며 선을 그어버리는 세상이 나는 더 두려운 건지도 모른다.

그 두려움을 사랑하는 사람의 온기를 빌려 떨쳐낸다. 가장 소중한 사람에게 내가 가장 소중한 사람이 되어 살아가는 것. 나는 그렇게 세상을 향해 나아간다.

생색내기 딱 좋은 감자 옹심이

1. 가족에게 미안한 일이 생겼을 때, 만들기 번거롭다는 감자 옹심이를 직접 만들어 주겠다고 큰소리친다.
2. 잘 씻어서 껍질 벗긴 감자를 믹서에 간다. 너무 곱게 갈지 않는 게 씹는 맛은 더 좋은 듯.
3. 채반에 면보를 올리고 물 받을 그릇을 받친 뒤, 간 감자를 올려 한 시간 정도 물을 뺀다.
4. 그사이 스트레칭을 하며 어깨와 팔, 목을 잘 풀어준 뒤 면보를 들어 물기를 꼭 짠다.
5. 간 감자가 반죽의 형태가 되면 받친 그릇에 가라앉은 전분 앙금을 섞어 동글동글 옹심이를 만든다.
6. 멸치와 다시마를 넣은 육수가 끓으면 옹심이와 함께 감자, 애호박, 당근, 양파, 마늘 등을 넣고 소금과 국간장으로 간을 한다.
7. 마지막으로 대파를 넣은 뒤 그릇에 담고 김 가루까지 올려주면 감자 옹심이 완성.
8. 쫄깃한 옹심이 하나 먹을 때마다 정성과 사랑이 담긴 것임을 빠짐없이 생색낸다. 아마 다음번에는 그런 일로 미안해하지 않아도 된다고 할걸?

관계가 버거운 날

커피 그늘

비 오는 날이면 나만의 커피를 내리고 싶어진다.

책을 읽다가 문득 고개를 드니 집 안이 어둑어둑해져 있었다. 창문을 열자 비 내리는 소리가 들려왔다. 이런 날 마시는 커피 맛은 얼마나 좋은지. 커피가 생각났다. 커피 잔을 들고 창밖을 내다보니 베란다 창문 너머로 높이 자란 나무가 초록 이파리들을 흔들고 있었다. 나무의 밑동 위에서부터 겹겹이 쌓인 나뭇잎들 때문에 비 내리는 하늘보다 더 어두운 그늘이 깊이 드리워 있었다.

이 세상 모든 먹구름을 모아놓은 듯한 그림자에 테

두리로는 오묘한 녹색을 띠는 그 그늘에 대해서 나는 좀 안다. 커피를 마시기에 얼마나 아늑한 그늘인지도…….

나는 결혼 전부터 아이를 낳을 생각이 없었다. 나의 삶을 돌아보건대 행복했다고 말할 자신이 없었기 때문이다. 원하는 일을 명확히 이뤄내지도, 실패를 묵묵히 극복해 내지도 못하는 사람. 내가 가진 것들은 다른 사람들에 비해 늘 부족하고 모자라다는 열등감이 내 십 대와 대학 시절을 채우고 있었다 해도 과언이 아니었다.

그랬기에 가장 사랑하게 될 것이 분명한 내 아이에게 '인생은 살 만한 것'이라고 말해줄 자신이 없었다. 아이는 크고 작은 상처를 받으며 자라날 텐데, 그 상처에 맞서 살아가는 것을 의연하게 지켜봐 줄 자신도 없었다. 이 세상과의 인연은 나에서 매듭짓는 것이 좋겠다고 생각했다. 나로 인해 누군가의 운명이 시작된다는 무거운 책임감을 내려놓고, 내 삶을 조금이나마 가벼이 살고 싶었다. 어쩔 수 없이 다가올 수많은 실패들을 덜 두려워하며 살고 싶었다. 다행히 주나 씨도 내 생각에 공감해 주어서 우리는 아이를 낳지 않기로 했다.

하지만 어른들이나 주변 사람들은 그런 나의 생각

을, 우리의 결정을 묵살하곤 했다. 우리는 우리의 방식을 택했을 뿐이라고 되풀이해서 설명해야 하는 건 생각보다도 꽤나 지치는 일이었다. 내 삶의 방식을 인정받지 못한 채로 살아가는 건 몸보다 마음이 쉬이 가난해지는 일이었다.

나와 비슷한 생각으로 살아가는 사람들을 만나고 싶었다. 우연히 딩크족들이 활동한다는 인터넷 카페에 가입하게 되었고, 거기서 선영 언니를 만났다. 아마 우리 둘 다 비슷하고도 조금 다른 이유들로 외로웠던 것 같다. 처음 만난 날부터 서로에게 호감을 느꼈고, 마침 멀지 않은 곳에 살던 우리는 어렵지 않게 만남을 이어갈 수 있었다. 아니 기꺼이 시간을 내어 언니에게로 갔다. 다른 사람들과는 말할 수 없었던 속내를 털어놓을 때면 긴 설명 필요 없이 서로의 뜻을 충분히 이해할 수 있었다.

결혼을 했으면 아이를 낳는 것이 인간의 도리라는 훈계부터 자식이 없는 부부가 맞이할 노년의 외로움에 대한 염려, 더 나아가 지인의 성공담을 전해주며 불임클리닉을 권유하던 친척 오빠의 당황스러운 친절함까지. (미혼이었던 그 친척에게 나는 차마 결혼을 권하지 못하겠더라.) 멈출 줄 모르고 반복되는 무신경한 조언과 무례함이 나를 지치게 했다.

주저앉고 싶거나 영영 돌아서 버리고 싶은 버거운 관계들도 언니에게 다 털어놓고 나면 먼지처럼 가볍게 느껴지곤 했다. 나에 대해 변명해야 할 것 같은 기분도 가뿐히 사라졌다. 자기만의 이유로 살아가는 것을 자유라고 한다면 나는 내 이유를 찾았고 그래서 내 자유와 의지로 내 방식을 선택하여 살아가는 것만으로도 충분하게 여겨졌다.

언니와 만나면 모든 게 좋았다. 좋아하는 영화, 음악, 책 이야기에 시간 가는 줄 몰랐다. 이렇게 취향이 잘 통하는 사람을 만날 수 있다니. 언니는 내가 좋아할 만한 영화를 다운받아 놓고 나를 기다렸고, 처음으로 도전해 보고픈 메뉴가 있으면 나를 위해 준비해 두었다. 언니는 솜씨가 좋지 않다며 수줍게 식탁을 차려주곤 했는데, 언니가 손수 만든 요리들은 내게 언제나 새로운 맛이었다. 나도 꼭 따라서 만들어 보고 싶은 맛.

요즈음 내가 즐겨 만들어 먹는 치즈 가득한 양파 수프, 마늘의 알싸한 향과 올리브 오일이 적절히 어우러진 알리오 올리오 파스타를 나만을 위해 만들어 주었던 첫 번째 요리사가 바로 언니였다. 돈을 주면 쉽게 사 먹을 수 있는 음식이었지만, 언니가 만들면 달랐다. 언니가 해준 밥을 먹으면 답답했던 마음도 달궈진 팬 위에 놓인 버터처럼 스르르 녹았다.

언니가 만들어 주는 특별한 것이 한 가지 더 있었다. 바로 언니만의 카푸치노. 커피 전문점에서 마시는 뽀얀 거품이 올려진 카푸치노를 나도 좋아하긴 했지만, 집에서는 여전히 믹스 커피를 즐겨 마시고 있었다. 오직 카페인을 섭취하여 각성할 목적으로 알갱이 커피, 설탕, 크림이 꼭 같은 비율로 배합된 커피 한 포를 뜨거운 물에 휘휘 섞어서 쓴 약 먹듯 털어 마셔야만 일할 기운이 났다. 그런 내게 언니가 손수 만든 카푸치노 한 잔은 그림책에 담겨있던 과자로 만든 집이 식탁 위로 솟아오르는 마술 같았다.

언니가 처음으로 커피를 만들어 준 날을 기억한다. 언니는 우선 핸드밀로 원두를 천천히 갈았다. 벌써부터 커피향이 황홀할 지경이었다. 익살맞게 생긴 아저씨가 그려진 모카 포트를 꺼내어 분리하더니 동그란 틀에 얌전히 커피 가루를 담고, 기구 아랫부분에 물을 담아 다시 조립해서 가스레인지에 올리고 끓이기 시작했다. 한눈을 팔면 안 된다고 했다. 언제 끓어오를지 모르는데, 그걸 놓치면 안 된다고. 곁에서 나도 숨을 죽인 채 무슨 일이 일어날까, 가스레인지 위에 천연덕스럽게 앉아있던 그 기구를 노려보았다. 과연 얼마 지나지 않아 숨이 넘어갈 듯 거친 휘파람 소리 같은 것이 몰아치더니 진한 에스프레소가 추출되었다. 뜨거운 물로 데워둔 커피 잔에 커피를 나누어 담고 나서는 스테인레스 저그에 우유를 담아 데우기 시작했다. 중간 불에서 천천히 우유를 데우다가 김이 올라올 듯 말 듯한 순간, 불을 끄고는 저그에 우유 거품기를 끼우고 가녀린 팔로 열심히 펌핑하기 시작했다.

"쉬지 않고 열심히 해줘야 맛있는 거품이 만들어져."

언니는 몹시 중대한 일을 맡은 얼굴이었고, 정말 진지하게 거품을 완성했다. 곱고 풍성한 거품이 만들어지자 언니는 조심스럽게 커피 위에 우유 거품을 올렸고 마지막으로 시나몬 가루를 솔솔 뿌렸다.

나는 그날의 커피 맛을 잊지 못할 것이다. 깊고 짙은 커피의 향기와 고소한 우유 냄새가 부드럽게 섞여 들어왔다. 커피 잔에 입술을 가져가자 공기처럼 가볍고 부드러운 우유 거품이 먼저 닿았고, 계피 향을 슬쩍 지나 풍부한 커피의 향이 코와 목 안 가득 퍼져 나갔다. 쌉쌀하지만 부드러움을 잃지 않았고, 부드러우면서도 커피의 강한 맛은 그대로였다. 무엇보다도 신기했던 건 설탕을 넣지 않았는데도 달콤한 뒷맛이 남는다는 거였다. 이 단맛은 어디에서 오는 걸까. 커피를 다 마시고도 동글동글 남아있는 거품을 티스푼으로 떠먹으면서 알았다. 정성껏 거품을 낸 우유에서는 은은한 단맛이 난다는 것을. 나는 티스푼을 열심히 움직여 아주 작은 거품 한 조각까지도 떠먹었다. 마치 밑바닥에 남은 아이스크림까지 남김없이 핥아 먹는 꼬마처럼. 커피 한 잔을 마시는 짧은 시간에는 참으로 긴 시간이 담겨있었다. 이 모든 것을 끝내고도 하고픈 이야기가 끊이지 않았던 시간이.

커피를 다 마시고 문득 고개를 들어 창밖을 내다보았을 때, 언니네 집 베란다는 초록 나뭇잎들로 덮여있었다. 비가 내렸다가 그쳤던가, 아니면 내내 내리고 있었던가. 기억은 정확히 나지 않지만 흐린 날씨였다는 것은 분명하다. 1층이었던 언니네 집 베란다에는 먹구름이 낀 하늘보다 더 어둑한 나무 그늘이 드리워 있었다. 은은한 녹색빛이 드리워진 그늘이. 우리가 커피를 마시는 동안 그늘은 우리를 감싸고 있었나 보다. 깊고 어두운 나무 그늘이 이토록 포근한 것임을 알게 된 순간이었다.

날씨에 기분을 온통 저당 잡혀 날씨 탓만 하던 내가, 그보다 더 깊은 그늘에 감싸여 어떤 이야기를 해도 좋을 언니와 나눈 커피 한 잔으로 온전한 내 기분을 되찾은 것 같았다.

나도 내 손으로 커피를 내려 마시고 싶었다. 날씨에 쉽게 휘둘리고 쉽게 우울해지는 나에게 내 본래의 기분을 되찾아 주는 커피 맛을 찾기 위해. 그건 자못 쉽지 않은 여정이었다. 다양한 원두를 맛보고, 같은 원두라도 다른 로스터에게서 구입해 비교해 보고, 드리퍼를 종류별로 바꾸어 내려 보고, 물 온도를 미세하게 조절하거나 핸드밀의 나사를 움직여 원두의 굵기를 달리해 보는 일들. 같은 원두를 같은 굵기로 갈아 같은 기구로 내려도 내릴 때마다 달라지는 커피의 맛. 아무리 커피를 내리고 또 내려도 꼭 같은 맛은 다시 없다는 사실에 나는 중독되지 않을 수 없었다. 봄이 되면 앞다투어 피어나는 꽃들처럼 펼쳐지던 커피의 모든 맛들을 내 혀로 확인하고만 싶었다.

내가 꿈꾸는 커피 맛의 기준은 바로 언니가 내려준 커피였다. 그 맛을 찾으려면 자꾸만 커피를 내리는 수밖에 없었다. 그것은 결국 과민성 방광염에 걸려 매일 소변 일지를 적어 비뇨기과 의사에게 제출해야 한다는 의미이기도 했다. 열심히 병원에 다녀보아도 떨어져나갈 줄 모르는 과민성 방광염을 잘 달래기 위해 나는 방법을 바꿔나갔다. 매일 운동을 하고 하루 동안 마시는 커피의 양을 줄이는 것. 그것은 참으로 번거롭고 고통스러운 일이었지만, 더 오래도록 커피를 마시며 살아갈 내 나름의 방도를 찾기 위한 중요한 타협의 과정이기도 했다.

커피로 한 번이라도 깊은 위안을 받아본 사람이라면 커피를 결코 포기할 수 없다는 것을 알 것이다. 그리고 어쩌면 당연하게도 나는 언니가 내려준 것과 꼭 같은 커피 맛을 찾는 데에는 실패하고 말았다. 커피는 그런 것이다. 내리고 내리고 내리다 보면 결국 나만의 커피를 내릴 수 있을 뿐이다. 누군가가 잠시 나를 위로해줄 수는 있어도 언제까지고 그 위로가 지속될 수 없으며, 나를 진정으로 위로할 수 있는 방법은 오직 내 힘으로 찾아야만 하듯이.

비가 내리는 날이면 언니가 살던 그 1층 아파트 베란다에 어떤 빛깔의 그늘이 드리워져 있을지 생각한다. 언니도 커피를 마시고 있을지, 가끔은 그 어두운 집에서 나와 커피를 나누어 마시던 그날을 떠올릴지 생각한다. 사소한 것에도 쉽게 괴로워하던 나약한 나를 살게 했던 그 그늘과 초록, 우리를 감싸주었던 커피와 온기를…….

그때를 돌아보면 나는 여전히 거기에 있다. 언니가 만들어 준 그늘에 앉아 그 순간만큼은 다른 건 다 잊고 언니가 내려준 커피를 마시며 웃는 내가. 그 순간의 나는 영원히 사라지지 않고 비가 내리는 날이면 그곳에서 커피를 마시겠지. 오래도록 그렇게.

나만의 커피를 찾아서, 드립 커피

1. 마음이 무거운 날에는 좋아하는 커피 원두가 담긴 봉투를 열어 향을 먼저 맡은 후 원두를 핸드밀에 천천히 간다.
2. 드리퍼에 여과지를 올리고 갈아 둔 커피 가루를 평평하게 담고 있으면 마음은 향기에 이미 무장 해제.
3. 예열해 둔 서버에 드리퍼를 올리고 커피 가루를 살짝 적신다는 느낌으로만 물을 조심해서 붓는다.
4. 30초 정도 뜸을 들이는 동안 커피에게 감사하는 마음을 전한다. 영화 〈카모메 식당〉에서 "코피 루왁!"이라고 외쳤던 것처럼 커피가 맛있어지는 주문을 외워도 좋다.
5. 30초 정도 지나고 커피의 향이 가득 퍼지면 가는 물줄기를 유지하면서 원을 그려가며 물을 붓는다.
6. 약간 모자란 듯하게 커피를 내린 후 물을 조금 섞어주면 조금 더 상큼한 커피 맛을 볼 수 있다.
7. 베란다로 고개를 돌려 나무들을 바라보며 커피를 마신다. 마음이 조금 가벼워지는 것이 느껴지면 오늘의 커피는 완성.

거리를 두어야 한다면

홍차처럼

내가 홍차를 만난 건 우연이었다.

친구가 선물로 받은 것이 많다면서 몇 가지 잎차를 소분해서 나누어 준 적이 있다. 아쌈, 실론, 그리고 얼그레이. 친구는 홍차를 모르는 나를 위해 각각의 홍차에 대한 간단한 소개와 시음 방법을 적은 쪽지도 함께 보내주었다. 쪽지를 펼치니 은은한 오렌지 향이 떠올랐다. 중국차에 베르가모트 향을 입힌 얼그레이 향기가 쪽지에 스민 것이었다.

좋은 시는 차향이 나야 한다고 노래한 노르웨이 시인 울라브 하우게의 시를 이해할 수 있을 것 같았다.

그 전에도 간혹 홍차를 마시기는 했었다. 홍차만이 가진 향기에 젖어 들다가도 어딘가 밋밋하다는 생각에 결국 커피를 찾곤 했던 나는 아주 서서히 홍차에 빠져들었다.

홍차와 커피는 말을 거는 방식이 달랐다. 온몸으로 퍼지는 에너지가 나를 일으켜 세워 세상 밖으로 저벅저벅 걸어 나가게 하는 것이 커피라면 홍차는 안으로 젖어 드는 고요한 에너지를 품고 있었다.

홍차 한 모금은 내 속에 있는 수많은 '나'들을 서서히 적시고 스며들어 와 가장 단순하고 명료한 나 자신과 오롯이 마주하게 했다. 그건 어쩌면 아주 짧은 꿈 같았다. 은은하게 밀려드는 홍차 향에 이어 쌉쌀하고도 떫은 맛이 입 안을 지나 목구멍을 타고 넘어가는 그 첫 모금 안에 모든 것이 들어있으니까.

홍차를 마실 때 가장 즐기는 티 푸드는 바로 한과이다. 하얗고 통통한 찹쌀 유과를 베어 물면 알알이 떨어지는 튀밥과 조청의 달콤함이 다가오고, 튀긴 찹쌀의 섬세한 질감이 혀에 닿으면 바스스 부서지며 순식간에 녹아버린다. 따뜻한 홍차로 데워진 입 안에서 스르르 사라지는 유과의 덧없는 맛은 홍차의 그다음 모금을 부른다. 그다음, 또 그다음.

가랑비에 옷 젖는 줄 모르다가 정말 젖었다고 생각했을 때는 항상 너무 늦었다. 갈수록 카페인에 취약해진 나는 심각한 수면 부족에 시달리게 되었다. 하룻밤 사이 몇 번이고 자다 깨다를 반복하며 괭이잠을 자다가 그저 눈만 감은 채로 꼬박 온밤을 보내게 되기까지. 그렇게 누워만 있다가 늘상 같은 시간에 울리는 알람 소리에 겨우 몸을 일으키는 아침은 사지에 돌을 매단 듯 무거웠다. 카페인이 지워준 이 돌들을 떼어내려면 또다시 카페인이 필요했다.

홍차의 고운 빛깔과 향기를 있는 힘껏 들이마시면 그날 하루 살아갈 기운을 찾았다. 그렇게 하루를 보내고 나면 다시 잠 못 드는 밤이 찾아오고, 나와 카페인 사이의 끈질긴 밀당은 그렇게 지칠 줄 모른 채 반복됐다.

홍차가 나를 집어삼키기 전에 카페인 없이도 하루를 보낼 수 있음을 내게 가르쳐야 했다. 연습이 필요했다. 하루, 또 하루. 그렇게 한 주, 또 한 주. 그럼에도 홍차와의 거리 두기에 여지없이 실패했던 그때.

엄마와도 그랬다. 결혼을 하고 독립했으니 엄마에

게 의지하기보다는 내 삶을 살아가고 싶었다. 적절한 거리를 두고 내게 더 집중해야 한다고 생각했다. 그게 옳았다. 하지만 노력은 번번이 실패했다. 아슬아슬하게 균형을 잡고서 내 생활을 해나가다 보면 엄마는 외롭고 힘들어졌다. 혼자 잘 지내지 못하는 엄마에게 지쳤지만, 그런 엄마를 모른 체할 수는 없었다.

엄마를 위로하다 보면 나의 미흡한 '자식 노릇'이 불안했다. 아무리 애를 써도 엄마의 마음은 온전히 채워지지 않았다. 그게 또 나를 불안하게 했다. 불안도 습관이 되는 것일까. 엄마가 잘 지내고 있는 날들에도 나는 불안했다. 엄마가 정말 괜찮은지 걱정이 되었다. 엄마에 대한 불안을 간신히 꺼뜨리고 나면 이번엔 엄마로부터 진정한 독립을 이룰 때가 영영 오지 않을 거라는 또 다른 불안에 도달했다. 엄마에게서 벗어나 되도록 더 멀리 가려고 애를 쓰고 있었는데, 사실은 엄마에게로 되돌아가는 궤도만을 빙빙 돌고 있었던 것일까.

그러던 어느 날 엄마가 경주로 내려가 살겠다고 선언했다. 엄마와 먼 거리를 두고 살게 될 거라고는 한 번도 상상하지 못했던 내 앞에 떨어진 날벼락 같은 선언.

"엄마가 나한테 시집와서 이렇게 오래 내 고향에서 살았으니, 노년은 내가 엄마 고향에서 살아보는 것도 괜찮지."

아빠는 웃으며 담담히 말했지만, 나는 웃을 수 없었다. 그동안 나는 엄마에게서 조금 더 멀어지기 위해 애를 써가며 한 발짝씩 떼고 있었는데, 엄마는 내게서 열 걸음씩 뒤로 물러나고 있었던 것일까. 그동안 엄마는 내게서 단 한 번도 눈을 떼지 않고도 얼마나 열심히 뒤로 걷는 연습을 했던 것일까. 막상 엄마가 멀리 떠난다고 하니 엄마와 멀어지고 싶었던 내 마음을 엄마에게 들킨 것 같아 마음이 무거웠다.

우리 집은 친가, 외가를 통틀어 아들이 없는 유일한 집이었다. 동생이 태어난 이후 아빠는 '아들 딸 구별 말고 둘만 낳아 잘 기르자'는 당시 가족계획 정책을 기꺼이 받아들여 셋째를 낳지 않았노라고 했다.

하지만 셋째를, 그리고 아들을 낳지 않은 고통은 꽤 오랫동안 엄마를 괴롭혔다. 아빠의 누나였던 고모 두 분은 아빠가 몸이 좋지 않거나 얼굴이 핼쑥하면 의지할 아들이 없어서 그렇다는 어조의 이야기를 은근히 내비치거나, 내가 십 대에 들어선 뒤에도 '지금이라도 아들을 낳으라'는 말을 서슴지 않았다. 명절에 온 가족이 모이면 큰어머니나 작은어머니가 어딘지 모르게 당당한 태도를 지녔던 것도 그와 관련되어 있다는 것을 나는 어렴풋이 느낄 수 있었다.

지금의 나보다도 어렸던 그 시절 엄마의 마음을 헤아리면 속이 쓰리다. 엄마가 받았을 상처에 내 가슴이 아파온다. 지금 당장 타임머신을 타고 그 시절의 엄마를 만나러 갈 수만 있다면 커다래진 내 품에 엄마를 꼬옥 안아줄 텐데.

엄마는 가끔 남자 사촌들 소식을 전하면서 "그 집은 얼마나 든든할까" 라고 말을 했다. 그 말 끝에 탄식 같은 한숨을 내뱉을 때면 나는 마치 큰 잘못을 저지른 아이처럼 할 말을 잃었다. 나는 아들만 넷인 시어머니가 정말 든든하겠느냐는 반문으로 소심하게 항의했지만, 그것이 엄마에게 제대로 들렸을지 모르겠다.

아들처럼 든든한 자식 노릇을 못하면 자랑스러운 딸 노릇이라도 하든가, 그렇지 않으면 귀여운 손주라도 안겨드리든가. 나는 엄마를 실망시키다 못해 이제 낯설어진 고향으로 돌아가게 만든 것 같았다.

뜻밖에도 엄마와 나 사이에 생겨난 300킬로미터가 넘는 물리적 거리는 우리의 관계에 잔잔하고도 커다란 변화를 가져왔다. 가까이 살면서도 자주 찾아뵙지 못한다는 죄책감은 자주 만나지 못하는 것이 당연해진 일상으로 바뀌었다. 만남이 뜸해진 만큼 오히려 엄마의 일상이 궁금해져서 엄마에게 자주 전화를 했다. 이상도 하지, 가까이 살면서는 어쩐지 하기 어려웠던 이야기들이 먼 거리를 둔 전화 통화에서는 자연스럽게 흘러나왔다. 엄마는 성당에 다니고, 열심히 운동도 하고, 헬스클럽에서 새로운 친구들도 만나면서 나름 바쁘게 생활해 나갔다.

그런 엄마에게 대단한 사건이 일어났다. 엄마가 강아지를 입양한 것이었다. 눈처럼 하얀 포메라니안과 똘망똘망한 눈의 갈색 포메라니안. 강아지 두 마리를 돌보면서 엄마의 모든 생활은 강아지들을 중심으로 돌아가기 시작했다. 전화를 하면 엄마는 처음부터 끝까지 강아지들과 보낸 하루를 이야기하며 울고 웃었다. 강아지들만 두고 처음으로 외출하고 돌아왔던 날은 말썽없이 얌전히 잘 놀고 있던 녀석들이 기특하다며 흐뭇해했고, 잘 먹던 사료를 통 먹지 않는 날이면 걱정으로 애가 달았다. 모처럼 경주에 찾아간 날이면 우리는 강아지들의 몸짓 하나, 표정 하나에 대화가 멈출 줄 몰랐다. 그 녀석들은 내가 낳지 않아 엄마에게 안겨주지 않았던 손주 같기도, 엄마가 뒤늦게 낳은 아들 같기도 했다.

"미안하지만, 난 이제 너보다 이 녀석들이 더 중요해."

뿌듯한 애정이 넘치는 엄마의 목소리를 듣는데 왜 나는 당혹스러웠을까. 나보다 더 사랑하는 누군가가 생기면, 그래서 엄마가 엄마의 생활에 집중하면 무척 홀가분할 거라고 생각했는데 오히려 섭섭한 것 같은 이 기분은 뭐지. 나는 웃으면서도 찔끔 눈물이 났다. 이제껏 들어보지 못한 엄마의 나긋나긋한 한마디는 도리어 오랜 시간 채워지지 않았던 엄마의 외로움을 말해주고 있었다. 엄마는 엄마의 사랑을 맘껏 쏟고, 그 사랑을 온통 기쁘게만 받으며 행복해할 누군가가 필요했구나. 엄마는 내가 생각한 것보다도 훨씬 더 외로웠구나.

얼마 전 전화 통화에서도 엄마는 역시나 강아지들 이야기에 여념이 없었다. 산책길에 마주친 낯선 사람에게서 강아지들이 예쁘다는 칭찬을 들었다면서, 아무리 눈 씻고 찾아봐도 이 녀석들만큼 예쁜 강아지는 없단다. 어느덧 강아지 두 마리가 엄마만의 고슴도치가 되었네. 눈에 넣어도 아프지 않은 부드러운 고슴도치. 강아지들한테 질투가 다 난다고 소리치는 내게 '이제 어쩔 수 없다'며 깔깔대는 엄마의 웃음소리는 그 어느 때보다도 편안하게 들렸다. 그 편안함은 사실 내 마음에서 온 것인지도 몰랐다.

시간이 흐르고 홍차를 절제하면서 나와 카페인 사이의 적당한 거리를 찾을 수 있었다. 그렇게 균형을 잡고 나니 오히려 카페인이 허락된 날이면 홍차의 맛과 향에 내 맛봉오리는 더욱 예민하고 섬세하게 반응했다. 절제한 만큼 기쁨이 커지고, 적절한 거리 안에서 더 자유로워질 수 있다는 것을 기억하기. 나를 잘 알고 나서 내가 감당할 수 있을 만큼의 거리를 두고 사랑하기. 이제야 어른이 된 것 같았다.

모처럼 아쌈티를 우렸다. 오렌지빛 찻물이 아침 햇살에 투명하게 빛났다. 한 모금 마시자 달콤한 홍차의 향이 소나무 숲을 걷는 듯 상쾌하게 나를 깨웠다. 잠도 잘 잤고, 아침 산책도 마쳤고, 홍차 한 모금에 레몬 케이크를 곁들이니 모든 것이 좋은 날이었다.

홍차의 빛과 향을 즐기는 시간

1. 아침 햇살이 잘 드는 창가에서 티 포트와 찻잔을 예열한다. 오늘은 커피 서버를 티 포트로 사용하는 날.
2. 서버의 물을 버린 후 적당량의 찻잎을 넣고 끓인 물을 힘차게 부어준다.
3. 차가 우러나는 동안 투명한 서버를 통해 찻물이 서서히 붉게 변해가는 아름다운 빛깔을 바라본다.
4. 3분 정도 우러나면 거름망을 올린 찻잔에 차를 부어준다.
5. 홍차의 향기를 코로 먼저 음미한 후 한 모금씩 천천히 마신다.
6. 티 푸드 찹쌀 유과를 한 입 베어 물고 다시 홍차를 한 모금 마시면 달콤함과 향기로움이 입 안 가득 퍼진다.
7. 차를 오래만에 마실수록 향기가 더 잘 느껴지는 건 왜일까.

떡국 한 그릇

다 거짓말 같았다.

'큰딸, 놀라지 마.'

크리스마스 연휴를 보낸 일요일 저녁, 아빠의 메시지가 도착했다. 때마다 종종 메시지를 보내 안부를 묻던 아빠였기에 대수롭지 않게 메시지를 읽었다. 엄마가 뇌출혈이 있어 오전에 구급차로 병원에 옮겨 시술을 받았고, 며칠 안정하면 된다는 내용이었다.

뇌출혈이라니. 평소 운동도 꾸준히 하고 건강 관리에 나름 신경을 쓰던 엄마에게 뇌출혈이 있었다는 것을 도무지 믿을 수 없었다. 다급히 전화를 하니, 아빠는 평상시와 그리 다를 것 없는 목소리로 허허 웃었다. 응급 처치가 잘되었으니 걱정 말고 일단 지켜보자고.

아빠는 아침부터 엄마 곁에서 정신없이 발을 동동 거리며 하루를 보내고 나서야 내게 연락을 한 거다. 담담한, 나를 안심시키는 아빠의 다정한 목소리는 모든 것을 더 비현실적으로 느껴지게 했다.

엄마가 병원에 입원해 있는 동안 혼자 지내는 아빠에게 당장 뭐가 필요할지 생각해 봐도 머릿속은 멍하기만 했다. 친구에게 전화해서 상황을 설명하는데, 친구가 내 목소리에 많이 놀라워했다. 엄마 이야기를 하는 내가 너무 덤덤하고 아무렇지도 않다고. 친구 말이 맞았다. 나는 우주복을 입고 우주 공간에 둥둥 떠있는 우주인처럼 모든 감각이 무뎌져 있었다. 그러다가 정말 큰일 나겠다고 걱정하는 친구의 먼 목소리를 들으며 몇 가지 나물과 밑반찬을 만들고, 절임 반찬과 냉동국은 구입해서 가져가기로 정하고 전화를 끊었다. 그런 뒤 바로 나는 평소처럼 일을 하고, 저녁을 먹고, 텔레비전을 보며 웃었다.

새해 첫날, 주나 씨와 새벽 4시에 일어나 경주로 출발했다. 고속도로에 진입하자마자 준비한 반찬들과 가서 먹을 식재료들을 뒷베란다에 그대로 두고 나온 것을 알아차렸다. 나오기 직전까지 챙겼던 것을 어떻게 그리 까맣게 잊었는지. 다음 요금소에서 빠져나가 다시 집으로 돌아가 준비한 것들을 차에 싣고 나서야 경주로 출발할 수 있었다. 나는 아무렇지도 않았던 것 같은데 왜 그렇게 정신이 없었는지.

중환자실에 있는 엄마와는 하루에 한 번, 20분 동안만 면회를 할 수 있었다. 병실에 들어가니 엄마는 잠들어 있었다. 엄마의 얼굴을 이토록 자세히, 오래 들여다본 적이 있었던가. 분명 두어 달 전에도 본 얼굴인데 창백하고 주름진 엄마 얼굴이 낯설었다.

그때 불현듯 엄마가 눈을 떴다. 마스크를 쓰고 있는 나를 보더니 엄마는 누구냐고 물었다. 그 물음에 내 가슴은 덜컹. 다급하게 "엄마, 나 효진이야"라고 웃으며 대답하자 순식간에 엄마 눈에 눈물이 그렁해졌다.

"뭐 하러 왔어, 이 먼 데까지 뭐 하러 와……."

엄마의 기운 없고 애달픈 목소리에 그제야 눈물이

조금 났다.

웃으며 내 안부를 묻던 엄마는 어느새 애타게 가족 걱정을 했다. 그러다가는 절망스러운 표정으로 멍하니 허공을 바라보던 엄마. 어쩌다가 병원에 오게 됐는지 하나도 모르겠다며 엄마는 혼란스러워 했다. 나는 엄마 손을 잡고 엄마가 어지러워하다가 쓰러졌고, 다행히 치료를 잘 받아서 낫고 있는 중이라고, 곧 퇴원하게 될 거라고 이야기해 주었다. 나를 보며 의심 없이 고개를 끄덕이는 엄마는 아가 같았다.

엄마와 이야기를 하다가 중환자실을 둘러보니 엄마처럼 대화라도 나눌 수 있는 환자는 없었고, 모든 병상이 쥐 죽은 듯 조용했다. 갈증에 목이 타서 간호사에게 물을 달라고 호소하는 엄마 목소리가 너무 크게 들릴 정도였다.

면회 시간이 다 되어 쫓기듯 병실을 나서는 나를 향해서 엄마는 속 든든하게 아빠랑 꼭 고기를 사 먹으라고 말했다. 해맑게 웃는 엄마를 그 낯선 곳에 두고 돌아서는 순간에도 그냥 다 거짓말 같았다. 주어진 20분은 너무 짧고도 이상하도록 긴 시간이었다.

꿈결 같은 두 번의 면회를 마치고 우리 집으로 돌아와서도 멍했던 나를 흔든 건 아빠의 메시지.

'엄마 입원 열흘째. 면회 시간이 다가오면 첫 만남처럼 가슴이 설렌다. 따뜻한 물로 차가운 손을 녹이고 소독도 한다. 중환자실로 들어가 여보, 나 왔어 하면 그때마다 엄만 기다리고 있었다는 듯 맑고 큰 목소리로 대답한다. 종아리를 마사지해 주는 동안 엄마는 자주 웃는다. 어느새 20분이 지나고 여보, 나 다녀올게, 인사하고 나온다.'

그걸 보고 나서야 나는 엉엉 소리 내어 울고 말았다. 이제까지 일어난 모든 일들이 한꺼번에 실감이 났다. 엄마가 쓰러지기 일주일 전 엄마와의 마지막 통화가 떠올랐다. 그날 나는 엄마가 보내준 동치미로 만든 동치미 국수가 얼마나 맛있었는지 이야기했었다. 올망졸망한 작은 무가 얼마나 아삭하고, 동치미 국물은 또 얼마나 알싸했는지. 신나서 동치미 국수 맛을 떠들어대는데, 엄마 목소리가 사뭇 진지해졌다.

"예전엔 너희 챙기지도 못하고 힘들게만 해서 미

안했어. 지금은 많이 나아졌지? 그땐 내가 너무 힘들고 죽고 싶은 생각뿐이었어. 너희, 엄마 원망 많이 했지? 니들이 엄마 너무하다는 생각만 하고 있으면 어쩌나 걱정했어."

엄마가 얼마나 힘들었는지 우리가, 내가 모를까 봐 두려웠다고 말하는 엄마 목소리를 듣는 순간 다시 과거로 돌아가버린 것만 같았다. 아무리 시간이 흘러도 반복되는 엄마의 죽고 싶다는 이야기, 어디로 튈지 모르는 엄마 감정에 숨죽이고 전화기 뒤에 웅크리고 있던 그때로 되돌아간 것 같아 심장이 조여왔다.

차라리 엄마가 오늘도 산책길에서 강아지들이 얼마나 힘차게 뛰었는지, 더 놀고 싶은 강아지들이 직립보행을 하며 졸라서 얼마나 웃었는지 이야기하는 게 나았다. 엄마 말대로 나는 엄마가 얼마나 힘든지 모를 테니까. 그리고 엄마도 내가 엄마 목소리를 들으며 어떤 마음인지 모를 테니까.

그 순간에도 나는 '너도 힘들었지' 같은 말을 듣고 싶었던 걸까. 나는 내 감정이, 누구에게도 온전히 이해받지 못하고 있는 나 자신이 가장 중요했던 거다. 어쩌면 그때 용기를 내어서 털어놓았을 엄마의 속마음을 모른 척하고 싶었던 것일까. 나는 끝내 엄마에게 괜찮다고 대답해 주지 않았다.

겁이 나기 시작했다. 일주일 전 통화가 엄마와 나눈 마지막 말이 될까 봐. 그것이 영영 마지막일까 봐 너무 무섭고 그 무서움은 멀리에서 뚜벅뚜벅 다가오고 있었다. 보이지 않지만 분명한 두려움이 가슴을 조여왔다.

엄마에게 받은 상처가 있어도, 그 상처가 아무리 아프고 괴로워도 결국 그 감정은 내 것인데. 그것을 어쩌지 못하고 부둥켜안고만 있던 것은 바로 나인데. 도대체 언제까지 엄마를 원망해야 만족하며 그 감정을 내려놓을 수 있을까. 그렇게 원망만 하다가 엄마가 세상에서 사라져 버리면, 그 원망이 다 무슨 소용일까.

엄마, 괜찮아, 엄마도 힘들었잖아. 엄마도 외로웠잖아. 엄마도 나처럼 외로운 걸 알면서 모른 체해서 미안해. 내가 잘못했어. 그러니까 어서 돌아와, 엄마.

중환자실에서 보름, 일반 병실에서 2주 가까이 지낸 엄마가 퇴원을 하고 집으로 돌아오게 되었을 때는 말할 수 없이 기뻤다. 하지만 엄마의 상태는 너무나 불안정했다. 엄마의 시간은 현재와 20년 전이 뒤섞이고,

엄마의 현재는 꿈과 현실이 혼재되었다. 그 속에서 엄마는 홀로 길을 잃기 일쑤였다.

엄마는 나와 동생이 여전히 대학생이라고 생각하는 날이 잦았는데, 그럴 때마다 내가 준비는 잘하고 있는지, 동생은 너무 바빠서 몸이 상하지나 않는지 걱정했다. 그럴 때마다 나는 그 준비가 무엇인지도 모르면서 아주 잘되고 있으니 걱정 말라고, 모든 일들이 술술 풀리고 있다고 큰소리를 쳤다. 그러면 엄마는 해맑게 웃으며 안심했다. 그러고는 통화 끝에 꼭 묻는 것이었다.

"효진아, 오늘은 언제 들어와?"

거짓말로 엄마 말에 술술 응답하던 나도 그때는 말문이 막혔다. 무엇부터 설명해야 엄마가 쉽게 받아들일까, 속으로 가늠하다가 목이 메어 말을 더듬었다. 아직 공부가 안 끝났다고 간신히 대답하고 전화를 끊으면 울고 싶지 않은데 눈물이 흘렀다.

"효진아, 여기가 우리 집이라는데, 여긴 우리 집이 아니야. 너무 무서워."

엄마가 밝은 목소리로 하루를 어떻게 보냈는지 이야기하다가 고백하듯 작은 소리로 그렇게 속삭일 때면 온 세상이 무너져 내렸다. 조금씩 나아지고 있다고 생각했는데, 엄마는 아주 낯선 곳에 홀로 있었다. 엄마는 여전히 춥고 외로울 텐데, 내가 해줄 수 있는 것이 없었다.

엄마가 조금씩 회복해서 이렇게나마 이야기를 나눌 수 있다는 것이 감사하면서도 이대로 엄마 자리로 돌아오지 못할까 봐, 그래서 내가 엄마를 사랑한다는 것을 말해주지 못한 채로 엄마 기억 속의 모든 것이 사라져 버릴까 봐 너무 두려웠다.

엄마와 내게 남은 시간을 장담할 수 없게 되자 더욱 또렷해졌다. 내가 엄마를 사랑한다는 것이.

엄마와 통화할 때마다, 만날 때마다, 엄마를 사랑한다고 몇 번이고 말했다. 엄마가 이만큼 아프기 전에는 입으로 소리 내어 해본 적이 없었던 말.

"엄마, 사랑해."

그럴 때마다 엄마는 조금의 망설임 없이, 그동안 받지 못했던 사랑을 이제라도 온전히 받겠다는 듯이, "응" 하고 대답했다. 엄마의 그 천진한 응답에 나는 더욱 열심히 사랑한다고 말했다. 내가, 그리고 우리 가족이 엄마를 사랑한다는 것을 아픈 엄마가 잊어버릴까 봐. 내가 너무 늦은 것이 아니기를 간절히 바라고 바라면서.

엄마가 퇴원하고 꼭 3주째가 되던 날은 설날이었다. 엄마는 그사이 안색이 더 좋아진 것 같았다. 엄마와 팔짱을 끼고 산책하는 동안 엄마는 많이 웃고 예전처럼 농담도 했다.

새로운 삶을 시작한 엄마를 위해 내 손으로 떡국을 끓여주고 싶었다. 재료도 다 준비해 간 터였다. 막상 저녁 준비할 시간이 되자 엄마가 벌써 부엌에서 음식 준비에 부산했다. 엄마 힘들 테니 내가 하겠다고 나서도 방해가 된다며 나가 있으라고 말하는 엄마 얼굴은 산책할 때의 웃는 엄마가 아니었다. 치료 이후 급격한 감정 기복은 자주 있는 일이라는 것을 알면서도 예민해진 엄마 앞에서 나는 다시 어릴 적 감정적으로 돌변한 엄마를 마주한 기분이 되고 말았다.

나는 엄마가 화를 낼까 가까이 가지 못하고, 그러면서도 엄마가 다칠까 봐 눈을 떼지 못한 채로 엉거주춤 서서 지켜보고 있었다. 채 불지 않은 표고버섯을 썰다가 당황하는 모습, 멸치 육수에 두서없이 재료들을 넣고 끓이다가 그다음엔 무엇을 해야 할지 몰라 골몰하는 모습, 허둥지둥 떡국 떡과 굴까지 넣고는 안심하는 표정까지.

평생 수도 없이 끓였을 떡국을 마치 처음 끓여보는 사람처럼 고심하며 다 끓여내자 그제야 엄마의 미간이 조금 펴졌다. 엄마는 나를 불러 먹기를 재촉했다. 엄마의 많은 것들이 사라지거나 뒤섞여 온통 혼란스러운 와중에도 엄마는 딸인 나를 가장 먼저 배불리 먹이고 싶어 했다. 아파서 내가 아는 엄마가 아닌 것 같은 순간에도 엄마는 여전히 우리 엄마였다.

식탁에 마주 앉아 미역과 굴, 딱딱한 표고버섯, 그리고 어설프게 썰린 당근이 올려진 떡국을 먹었다. 처음 먹어보는 맛이었다. 그러나 이건 우리 엄마가 끓여준 엄마 떡국이었다.

내가 할 일은 분명했다. 엄마 떡국을 맛있게 먹는 일. 엄마가 나를 사랑한다는 것을 잊지 않는 일. 그리고 내가 엄마를 사랑하는 일.

엄마와 내 앞에는 서로 사랑할 시간, 새로운 한 해가 시작되고 있었다.

다시 시작하는 새해 첫날의 매생이 굴 떡국

1. 냄비를 달군 뒤 멸치를 2,3분 가량 볶은 후 구수한 내음이 나면 물을 붓고 다시마를 넣어 육수를 끓인다.
2. 적당량의 매생이를 물에 담아 흔들어 가며 맑은 물이 나올 때까지 여러 번 헹구어 물기를 짠다.
3. 굴도 물에 살랑살랑 흔들어 가며 씻어서 건져둔다.
4. 육수가 끓으면 떡국 떡을 넣고 끓이다가 굴과 적당히 잘라둔 매생이도 넣어 끓인다.
5. 여기에 마늘을 넣고 소금과 국간장으로 간을 한다. 마지막에 대파를 넣고 마무리.
6. 뜨거운 매생이에 데지 않도록 후후 불어가며 먹으면 무엇이든 새롭게 할 힘이 솟아나는 새해가 시작된다.

내가 꽃을 좋아하는 방법

국화전

행복했던 일들보다 아프고 힘들었던 순간을 더 강렬히 기억하는 습성이 있는 것 같다.

꽃을 선물하는 것도 받는 것도 좋아하지 않는 것 역시 그런 이유다. 싱싱하고 아름다웠던 모습과는 지나치게 대조되는 꽃다발의 마지막 모습이 더 깊이 각인되어 있기 때문이다.

영화 감독 아녜스 바르다가 1958년에 만든 17분짜리 영화 〈오페라 무페 거리〉의 일부를 담은 27초짜리 짧은 영상을 보게 되었다. 단정히 빗은 머리칼에 두건을 쓴, 배가 동그랗게 나온 여인이 꽃다발을 손에 쥐고 꽃집을 나선다. 눈을 감은 채 꽃향기를 음미하던 여인은 이내 입술을 가져가 꽃을 우걱우걱 뜯어 먹기 시작한다. 넘치는 식욕을 참을 수 없다는 듯 입을 크게 벌리고, 닭다리를 쥐듯 꽃대가 긴 꽃을 쥐고 말 그대로 뜯어 먹고 있었다. 순간 군침이 돌았다.

꽃을 선물 받으면 꼭 꽃잎을 한 장씩 뜯어서 맛보는 습관이 있었다. 학부 때 가을날 시화전에 온 선배 언니가 선물한 소국의 소담한 꽃잎은 쌉쌀한 맛, 겨울이 질기도록 물러날 생각을 않던 쌀쌀한 봄날 남자 친구가 선물해 준 장미는 상큼한 맛. 특히 피처럼 붉었던 장미는 그 강렬한 빛깔과는 달리 가볍고 새콤한 맛이 나서 꽃잎을 몇 장이고 떼어내 맛보기 좋았다.

영화 속에 등장한 임신한 여인이 장미꽃 같던 그 꽃송이를 그토록 맛나게 먹는 것을 이해할 수 있었다. 임신으로 속이 메스꺼울 때 꽃잎의 그 씹을수록 달고도 새콤한 끝맛이 속을 다스리는 데에 도움이 될 것 같으니 말이다.

'그래, 아름다운 꽃을 꼭 화병에 꽂아두고 바라보기만 하라는 법은 없지.'

그렇다면 나도 꽃을 뜯어 먹던 영화 속 여인처럼 꽃을 제대로 먹어보자 싶었다. 가을날 꽃을 먹는 가장 운치 있는 방법은 역시 화전을 만드는 것 아닐까. 마침 음력 9월 9일은 국화전을 만들어 먹는 중양절이라니, 첫 화전을 만들기에 이보다 맞춤한 날이 있을까. 나는 매일 달력을 보면서 중양절을 헤아렸다. 처음엔 그저 꽃을 맛본다는 가벼운 생각이었는데, 국화전 부쳐 먹을 상상을 하다 보니 정말로 국화향을 입 안 가득 느끼고 싶다는 바람이 커져버렸다.

중양절은 제비가 따뜻한 강남으로 되돌아가는 절기이며, 가을 작물들이 완연히 무르익어 한 해의 수확을 마무리하는 의미가 있다고 한다. 그래서 중양절에는 조상님에게 감사하는 마음으로 제사를 지내는 것이 꽤 중요한 일이었다고. 하지만 불효막심한 나는 조상님한테 감사하기는커녕 그저 나를 위해 내 생애 첫 화전을 만들기로 한 것이다.

주문한 식용 꽃이 도착했다. 여러 종류의 꽃들이 섞여있는데 그중에 국화과에 해당하는 꽃은 열 송이였다. 노란색, 하얀색, 주황색, 보라색의 국화들. 은은한 국화의 빛깔이 고왔다.

일단 화전을 부치려면 찹쌀가루를 익반죽해야 한다. 물을 조금만 더 넣어도 반죽이 금세 질어지기 때문에 '반드시! 물을 조금씩!' 부어가며 반죽해야 한다고, 레시피마다 누누이 쓰여있었다. 나는 그 반복되는 문구를 읽으면서 그저 내 기준에서의 '조금씩'을 적용했다.

처음엔 정말 물을 '쪼륵' 따랐다. '쪼륵'을 서너 번 해도 여전히 퍽퍽한 찹쌀가루 상태에서 벗어나지 않기에 물을 '쪼르륵' 붓기 시작했다. 그럼에도 어릴 때 큰엄마가 송편 만들자며 꺼냈던 그 촉촉하고 반질반질한 찹쌀 반죽의 기미는 보이지 않았다. 나는 물을 붓는 데에 점점 더 과감해졌다. '오, 이제 드디어 반죽다운 반죽이 되는 건가'라고 생각하는 순간! 반죽은 질척거리며 손에 잔뜩 들러붙었다.

질퍽대는 반죽 속에서 허우적거리는 나를 본 주나씨가 다시 찹쌀가루를 조금씩 부어주었다. 그제야 반죽이 반죽다워져 갔다. 곧 내 앞엔 송편을 만들어야 할 것 같은 커다란 찹쌀 반죽이 떡하니 놓였다. 이 많은 찹쌀 반죽을 다 어떻게 먹나, 새로운 걱정거리가 생기고 말았다. 하릴없이 반죽을 치대다가 미역국에 새알심을 만들어 넣으면 되겠다는 방법을 떠올리고 나서야 화전 부치기에 돌입할 수 있었다. 아직 시작도 안 했는데, 벌써 기진맥진.

주나 씨와 마주 앉아 찹쌀 반죽을 빚기 시작했다. 찹쌀 반죽을 조금 떼어내 동글동글 새알심을 만들고 손가락으로 조심조심 힘을 조절하며 납작하게 눌러준다. 그러고 나면 마음과 달리 어딘가 구멍이 나있거나, 동그랗기는커녕 세모도 네모도 아닌 무슨 모양인지 아리송한 찹쌀 반죽 조각이 너덜너덜하게 남았다. 단지 동그랗게 빚는 건데 그것도 왜 내 맘처럼 안 되던지. 그제야 알 것 같았다. 내가 송편을 빚기만 하면 왜 그렇게 만두처럼 푸짐하고 속이 다 터졌는지. 급하고 덜렁대기만 할 뿐 꼼꼼하지 못한 성격을 내 두 손이 그대로 물려받은 것이다.

이제 팬에 기름을 두르고 약한 불에서 찹쌀전을 부친다. 고소한 냄새가 솔솔 나면 뒤집어서 살살 씻어서 물기를 닦아둔 국화를 구운 면에 올려준다. 마지막으로 꽃이 붙은 면을 다시 2, 3초 정도만 빠르게 익히면 완성. 생화일 때에 비해 꽃의 빛깔이 살짝 바랬지만, 색

색의 화전들을 옹기종기 모아 올리니 접시가 한 다발 꽃처럼 화사하다.

예쁜 것일수록 얼른 맛보고 싶은 것이 바로 본능. 화전을 꿀에 듬뿍 찍어서 입에 넣으니, 기름에 지진 바삭바삭함에 이어 쫄깃쫄깃한 식감이 살아있었다. 소리까지 맛있다는 말을 이럴 때 써야 하지 않을까. 게다가 기름의 열기에 살짝 익은 국화꽃의 맛이란! 생화를 씹으면 매콤하고도 알싸한데, 살짝 익히니 국화의 향이 한결 부드러워졌다. 은은하면서도 쌉쌀한 맛과 조금 더 깊어진 국화향만이 입 안에 감돈다고나 할까. 여기에 꿀의 달콤함까지 어우러지는 것이다. 이것은 음미할수록 깊어지는 가을의 맛.

돌아오는 가을에는 엄마와 함께 국화전을 만들고 싶어졌다. 나처럼 꽃 선물을 좋아하지 않는 엄마와 함께 국화전을 만드는 내내 꽃향기를 맡고, 꽃잎을 만지고, 꽃을 들여다보면서 마음껏 가을을 느낄 수 있게. 국화전을 만들어 먹는 동안 국화의 아름다움을 한껏 음미할 수 있게.

국화전을 만드는 동안 어쩌면 우리 모녀는 비로소 진짜 꽃을 좋아하는 마음을 알게 될지도 모를 일이다.

보기 좋은 꽃이 먹기도 좋다면, 국화전

1. 식용 국화 열 송이를 살살 씻어서 채반에 받쳐놓는다.
2. 찹쌀가루에 소금과 설탕을 약간씩 넣고 뜨거운 물을 아주 조금씩, 정말 조금씩 넣어가며 익반죽을 만든다. 방심하다간 손이 찹쌀반죽으로 뒤범벅될 수 있다.
3. 반죽을 동글동글 굴리며 새알심을 만들어서 납작하게 눌러준다.
4. 살짝 달군 팬에 현미유를 붓고 동글납작하게 만든 새알심을 올려 굽다가 뒤집어서 먼저 익힌 면에 국화꽃을 올려 붙여준다.
5. 마지막으로 한 번 더 찹쌀전을 뒤집어 꽃을 2~3초 정도 익힌 뒤 꺼낸다.
6. 완성된 열 개의 국화전을 담으면 그릇 그대로 꽃다발이 된다.
7. 꿀에 국화전을 찍어 먹으면 쫄깃쫄깃하면서도 은은한 가을 향이 입 안에 가득해진다.

오늘치 기쁨

머위 파스타

엄마가 울었다.

엄마가 퇴원하고 어느 정도 거동이 가능해진 3월이었다. 멀리 떨어져 사는 이모들이 모두 경주에 모여 엄마와 나흘 동안 함께 지냈었다. 그때 이모들이 조금씩 정성을 모아 아빠에게 봉투를 전했다고 한다. 한데 그렇게 도움받은 것을 아빠가 석 달이 지난 그저께야 엄마에게 알렸다는 것이다. 더구나 그저께는 경주에 사는 이모와 만나 저녁 식사도 함께했는데, 엄마는 그 사실을 몰라서 고맙다는 인사도 못 했다고. 이제 고맙다는 인사를 건네기엔 시간이 너무 지나버렸으니 어째야 하냐며 엄마는 울었다.

나는 되물었다. 입장을 바꿔 이모들이 아프고, 그래서 마음 쓴 엄마에게 감사 인사를 제대로 못하거나 늦게 한다고 해서 이모들에게 서운하겠느냐고. 엄마도 다 이해할 수 있지 않느냐고. 그건 그렇지만 언니가 되어서 도움만 받는 것은 싫다고 말하는 엄마 목소리는 여전히 서글펐다. 이제는 미안해서 고맙다는 인사를 하기가 더더욱 어려워졌다면서 엄마는 눈물을 그치지 않았다. 아픈 와중에 인사치레를 하는 게 그리 중요한가 싶어 화가 나면서도 그걸 이렇게 속상해하는 엄마가 너무 안쓰러웠다.

사실 엄마는 이 상황에서 건강이 더 나아질 수 있는 건가 하는 불안감이 더 컸을 것이다. 이모들과 나흘이나 같이 지내놓고 그동안의 시간이 감쪽같이 기억나지 않는 것에 엄마는 더 놀라고 당황한 눈치였다. 요즘도 어제오늘 일을 깜빡깜빡하기 일쑤인 엄마가 치료받은 지 얼마 되지 않았던 그때의 일을 기억하지 못하는 것은 어찌 보면 당연한 일인데.

"엄마, 엄마는 아직 환자야. 그러니까 치료받으러 다니고, 약도 먹지. 그렇지만 나아지고 있잖아. 예전에 비해 엄마가 먹는 약이 얼마나 줄어들었어? 그것만 봐도 엄마는 지금 좋아지고 있다는 뜻이야. 만약 다른 문제가 있거나 치료가 제대로 안 되면 의사가 다른 치료를 하자고 했을 텐데 그렇지 않잖아!"

내 이야기를 듣던 엄마의 울음소리가 그제야 조금 잦아들었다.

"엄마, 그동안 너무너무 잘해왔으니까 내 말만 믿어. 너무 속상해하지 말고. 마음이 편해야 엄마가 더 빨리 낫지. 좋은 생각 많이 하고, '앞으로도 더 좋아질 거다, 더 건강해질 거다' 하고 지내야 되는 거야."

그러자 엄마는 그러려고 해도 잘 안 된다며 속내를 털어놓았다. 그러고는 또 울먹였다. 맞다, 건강한 나도 잘 안 되는 걸 엄마더러 하라고 했으니.

"그래도 그럴 때마다 '좋은 생각만 하자, 잘될 거야' 하고 또 마음을 먹는 거야. 그러면 그런 마음을 먹지 않는 것보다는 힘이 날걸? 자꾸자꾸 기운이 빠질 때마다 다시 처음처럼 '더 좋아질 거야, 괜찮아'라고 생각하는 거야. 알겠지?"

그제야 엄마는 울먹임을 멈추며 알았다고 대답했다.

엄마, 나도 그럴게. 나도 엄마가 유난히 힘들어 할

때, 몸이 더 이상 나을 것 같지 않다고 세상 다 끝난 말투로 기력을 몽땅 소진한 사람처럼 이야기할 때, '좋아질 거야, 나아지고 있는 거야, 우리 엄마 정말 대단해'라고 대답해 줄게. 엄마가 영영 의욕을 찾을 기미가 보이지 않아서 덜컥 겁이 나는 날에도 좋은 생각을 하려고 노력할게. 그걸 잊지 않도록 자꾸자꾸 생각하고, 엄마에게 말해줄게.

바쁜 주말을 보내느라 미루어 두었던 이런저런 일들을 처리하고 지금쯤이면 엄마도 한가하겠지 싶은 느지막한 오전 시간에 전화를 했다.

"엄마, 간밤엔 좀 잤어?"

엄마와 통화할 때면 내가 꼭 묻게 되는 질문.

엄마는 평소보다 일찍 잠이 들어 최근 들어서 잠을 가장 잘 잤노라고 했다. 그래서였을까. 엄마 목소리가 어젯밤보다 한결 편안하게 들린 것은.

"엄마, 나 어제 엄마가 왜 잘 잤는지 안다. 내 목소리를 아주 많이 듣고 자서 그래!"

이보다 더 썰렁하고 실없을 수가 있을까. 내 말에 기가 막히다는 듯 깔깔 웃는 엄마 목소리에 나는 오늘치 안심과 평화를 얻는다. 오늘은 이 목소리, 이 웃음이 면 됐다.

또한 오늘치 점심도 놓쳐서는 안 되는 것. 최근 2주 넘게 파스타를 절제했으니 오늘은 나에게 오일 파스타를 허락하기로 했다. 마침 어제 저녁 메뉴가 머윗잎쌈이었으므로 손질해 익혀둔 머윗잎을 넣기만 하면 오늘의 머위 파스타 완성이다. 어제 쪄둔 머윗잎들 가운데 올리브 오일에 한 번 볶아도 괜찮을 큰 이파리들을 넉장 골랐다. 더 작고 여린 잎들은 머위 본연의 맛이 중요한 머윗잎쌈으로 먹도록 남겨두었다. 마늘 열 알을 썰어서 올리브 오일에 볶다가 골라 둔 큰 머윗잎을 먹기 좋게 썰어서 익힌 파스타 면과 함께 볶아주면 끝. 간이 조금 부족하기에 소금을 조금 더 뿌리고, 후춧가루도 조금. 끝으로 좋아하는 파르미지아노 레지아노 치즈는 넉넉히. 파스타를 한 입 먹어보니 치즈향과 쌉쌀한 머위가 생각보다 잘 어울려서 좋았다.

그렇게 두어 번 먹다가 문득 '머위 하면 들깨'라는 공식이 떠올랐다. 냉장고에서 시어머니가 거피해서 갈아 준 들깨가루를 꺼내어 뿌려보았다. 오옹, 이것도 고소하니 괜찮네? 그리하여 절반은 들깨 파스타로 두 가지 맛을 동시에 누렸던 오늘의 점심.

솔직히 말하면, 아직도 내가 맛있다고 생각하는 것들의 조합이 정말 잘 어울리는 것인지 잘 모르겠다. 그저 뭐든 맛있게 먹을 줄 아는 나의 '먹는 재능'이 모든 것을 조화롭다고 느끼도록 착각을 만드는 것인지도 모른다. 그러면 어떠랴. 그것이 내게 주어진 재능이라면 그 재능을 마음껏 발휘하며 살면 되는 것이다.

오늘은 머윗잎으로 상큼하고 쌉싸래한 파스타를 잘 먹었으니, 내일 먹을 파스타는 내일 생각하기로 한다.

두 가지 맛으로 즐기는 머위 파스타

1. 머윗잎을 쪄서 쌈 싸 먹은 다음 머윗잎을 남겨둔다.
2. 팔팔 끓인 물에 소금을 넣고 파스타 면을 삶는다.
3. 그사이에 조금 억세고 큰 머윗잎 네댓 장을 골라 먹기 좋은 크기로 썬다.
4. 달군 팬에 올리브 오일을 붓고 마늘 열 알을 썰어 볶는다.
5. 파스타 면이 다 익으면 면을 팬에 옮기고 썰어둔 머윗잎도 넣은 후 소금 간을 하며 볶는다. 중간에 살짝 면수 첨가.
6. 다 볶은 머위 파스타를 그릇에 담고 후춧가루, 파르미지아노 레지아노 치즈를 첨가한다.
7. 절반 정도는 머위와 잘 어울리는 들깻가루를 넣어서 반반 파스타를 맘껏 즐긴다.

기나긴 겨울밤을 베어 먹기

무전, 배추전, 당근전

예쁜 것을 보면 먹고 싶어진다.

집착이나 고민 따위는 없다는 듯 자유자재로 모습을 바꾸며 뭉게뭉게 흘러가는 하얀 구름, 귀엽고 예쁜 별사탕처럼 하늘에 서너 알씩 박혀있는 작은 별들, 그리고 겨울 공기 안에서 서늘한 빛으로 하늘을 지키는 달.

나는 겨울 하늘에 뜬 달을 볼 때마다 달의 맛을 상상하곤 했다. 다른 계절은 안 된다. 달이 가장 맛있는 계절은 달빛이 얼음처럼 차가운 겨울이어야만 하는 것이다. 달 조각을 입 안에 넣어 살살 녹이면 맑고도 시원한 맛이 나지 않을까. 그런데 무전을 먹던 날, 상상으로

만 수백 번 먹어본 달을 드디어 맛보았다.

무로 전을 부쳐 먹는 줄은 꿈에도 몰랐다. 숲 체험 연구 선생님이 어느 날엔가 무전을 먹었다면서 예쁘게 무를 부쳐 빠알간 단풍잎으로 장식한 사진을 보여주었다. 무전이라니! 다른 건 몰라도 먹는 것에 대한 궁금증은 참을 수가 없는 것. 그날로 아담한 무를 사다가 당장 무전 만들기에 돌입했다.

동그란 무를 '얇게'와 '도톰하게'의 중간쯤에 해당하는 두께로 썬 뒤 먹기에 부담 없도록 반달 모양으로 잘랐다. 이것을 찜기에 올려 살짝 찐 후에 밀가루 반죽을 묻혀 부치면 되었다. 기름에 무전을 구워내면서도 과연 어떤 맛일지 상상이 잘 안 되었다.

호기심 속에서 무전을 초간장에 살짝 찍어 냉큼 베어 물었다. 씹으면 씹을수록 시원하고 은은한 단맛, 거기에 살캉하게 익은 무가 밀가루 반죽을 만나 존득존득 리듬감 있게 씹히는 식감이 정말 잘 어울렸다. 겨울이 시작된 12월 이른 새벽, 어둠의 흔적이 다 사라지지 않은 푸르고 깊은 하늘에 은은하게 빛을 내며 떠있는 반달. 그 반달을 닮은 맛이라고나 할까.

기름에 부친 음식이 이렇게 정갈할 수가 있나. 무전을 먹을 수만 있다면, 무를 미리 쪄서 익혀주어야 하는 번거로움 따위는 아무것도 아니었다. 나는 사흘 연속으로 무전을 만들어 먹었다.

'전'이라면 또 배추전을 빼놓을 수 없다. 우리 친가는 제사가 일 년에도 여러 번 있었다. 엄마를 비롯해서 제사를 준비해야 했던 여자 어른들의 수고를 잘 모르던 어린 내게 제삿날은 다양한 요리들이 화려하게 피어오르는 축제날이었다. 그 풍성한 음식의 향연에서 어린 내 눈을 사로잡은 것이 바로 배추전이었다.

제삿날 보는 배추전은 다른 전들과는 달리 개나리처럼 화사한 노랑물이 들어있었다. 치자 물로 반죽을 한 것이다. 말린 치자 열매를 물에 담가 두면 노란색 물이 우러나면서 차츰 바다를 물들이는 석양빛으로 짙어지는데, 그 물로 밀가루 반죽을 하면 개나리색 반죽이 되는 것이다. 빛깔이 고운 배추전을 처음 보고 그 자태에 반한 나는 엄마를 졸라 배추전을 입에 넣었다.

그런데 입술부터 혓바닥까지 닿던 무미건조한 배추전의 기름진 맛이란. 그저 심심한 밀가루 반죽에 물컹물컹하게 익은 배추는 끝까지 씹을 수가 없었고, 먹던 것을 뱉을 수는 더더욱 없어 그냥 꿀꺽 삼키고 말았다. 동심을 흔들어 놓은 배신감 때문이었을까, 그 뒤 나는 배추전에 눈길 한 번 주지 않았다.

배추전과 재회한 것은 오랜 시간이 흐른 뒤, 친구 어머니께서 간식으로 배추전을 내주었던 날. 정성껏 부쳐주었으니 먹어보자 하는 약간의 의무감으로 배추전을 입에 넣었는데, 이게 무슨 일인가! 내가 어릴 때 느꼈던 배추전의 식감과 크게 다르지 않은데도 맛은 전혀 달랐다. 부드럽고 나긋하면서 달고도 고소한 맛. 배추와 밀가루 반죽이 이토록 찰떡궁합일 수가. 꽤 여러 장 부쳐준 배추전은 언제 다 먹었는지 순식간에 사라지고 접시엔 기름 자국만 번들거리며 남아있었다.

그 이후로 겨울이면 배추를 사다가 자주 배추전을 만든다. 먼저 배춧잎을 한 장 한 장 떼어내 씻는다. 억센 줄기 부분은 칼자루 끝으로 톡톡 두드려서 부칠 때 배추 이파리가 팬에 얌전히 누울 수 있도록 다듬어 준다. 묽은 밀가루 반죽에 다듬어 놓은 배춧잎을 담갔다가 꺼내어 기름 두른 팬에 부치면 열 장도 스무 장도, 어쩌면 배추 한 통 전체를 부쳐놓을 수만 있다면 언제까지고 먹을 수 있는 배추전 완성이다.

이른 아침 꽃처럼 피어있는 배추 포기들 위로 살며시 내려앉은 햇귀를 닮은 화사한 맛의 배추전을 맛봤다면 이번엔 빛깔마저 예쁜 당근전을 빼놓을 수 없다. 나는 유난히 추위를 많이 타서 겨울이 두렵기까지 했다. 그런 내가 겨울을 은근히 기다리게 된 것은 제주도의 겨울 당근으로 만든 당근전의 맛을 알았기 때문인지도 모른다.

사실 예전에는 당근 맛을 몰랐다. 사탕처럼 마냥 달지도 않고, 시금치처럼 양념에 금세 부들부들해지는 맛도 아닌 당근. 날로 먹으면 로션 맛 같기도 하고, 익히면 밍밍하고. 그래서 당근은 카레에 넣어서 진한 향신료에 맛을 감추거나 다양한 속재료를 가득 넣은 김밥에 꼽사리 끼워주는 정도로만 생각했다.

그날도 사다놓은 당근을 소진할 비책을 찾다가 당근전 레시피를 만났다. 당근으로 전이라니, 군침 도는 이름은 아니었지만 다른 방도가 없었다. 냉장고에서 메말라 가던 당근 두 개를 꺼내어 믹서에 갈았다. 거기에 밀가루를 넣어가며 농도를 맞춘 뒤 동그랑땡처럼 먹기 좋은 크기로 부치면 되는, 역시나 간단한 요리법.

당근전을 굽는 동안 투명했던 식용유는 맑은 귤색으로 물들어 가고 당근전은 먹음직스럽게 익었다. 달콤한 냄새에 빛깔은 또 얼마나 곱던지. 그렇다면 맛은? 당근전을 처음 맛보았던 순간의 내 심정은 어쩌면 기원전 3세기를 살던 아르키메데스와 같은 마음이 아니었을까. 유레카! 당근전에서는 당근 케이크 맛이 난다!

"세상 사람들, 이거 알아요? 당근의 단맛과 밀가루와 기름이 만나면 당근케이크 맛이 난다고요!"

당근전을 먹고 나서부터 당근을 좋아하게 되었다. 당근전이 당근의 진정한 맛을 가르쳐 준 것이다. 아삭아삭 씹으면 이 사이로 스며드는 수분감, 이어서 혀를 감싸는 당근만의 달큰함은 요란스러운 사탕보다도 상쾌했다. 음식 준비하느라 당근을 썰 때면 나도 모르게 당근을 자꾸 주워 먹고, 옆에서 식탁을 차리고 있는 주나 씨의 입에도 굳이 넣어주는 것이다.

겨울이 본격적으로 시작되는 12월 재래시장에 나가면 제주도에서 날아온 겨울 노지 당근이 귀여운 자태를 드러내고 있다. 해가 짧아진 겨울에 여름빛을 닮은 당근을 먹으면 햇살의 밝은 기운을 듬뿍 쪼인 기분이 된다.

기나긴 겨울밤 무엇을 먹으면 좋을지 고민이 된다면, 갖가지 전을 추천한다. 몸과 마음을 풍요롭게 하고, 밥에도 술에도 잘 어울리며, 누구라도 좋아하는 전. 전을 한 점씩 먹을 때마다 겨울밤은 짧아지고 동장군이 한 발씩 뒤로 물러난다. 그러면 어느새 기다리던 봄이 찾아오게 되는 것이다.

겨울밤 달의 맛, 무전

1. 무를 잘 씻어서 먹기 좋은 두께로 썬다. 무가 크다면 반달 모양으로 한 번 더 자른다.
2. 무를 찜기에 넣고 3, 4분 정도 찐다.
3. 밀가루에 소금을 넣어 약간 묽은 듯 반죽을 만든다.
4. 찐 무를 밀가루 반죽에 살짝 담갔다가 꺼내어 달군 팬에 올려 굽는다. 이때 기름은 넉넉히.
5. 이미 한 번 열을 가해서 오래 익힐 필요는 없다. 앞뒤로 노릇하게 구워 그릇에 담는다.
6. 마침 친구가 나눠준 고추장아찌가 있어 장아찌 간장을 조금 덜어둔다.
7. 고추 향이 배어있는 장아찌 간장에 무전을 찍어 먹으면 입 안에 은은한 달이 떠오르는 겨울밤 완성.

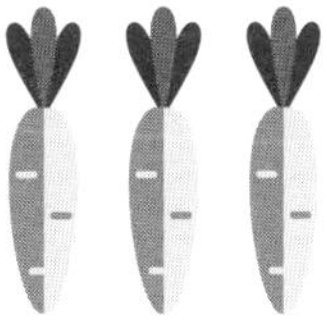

II

있는 그대로 대접합니다

나를 오롯이 대접하는

자발적 혼밥

"음식 앞에서 넌 항상 굶주려 있는 하이에나 같다고나 할까."

내가 식탁에 앉아있는 표정을 가장 자주 보는 주나 씨는 이렇게 말하곤 했다. 저작 근육을 사용하는 것인지 의심스럽도록 흡입에 가깝게 음식을 먹어치우는 모습이라면 나도 알고 있었다.

먹는 데 이토록 기운찬 나였지만 그러면서도 막상 혼자 식당에 들어가 밥 한 끼 먹는 일은 어려웠다. 주변 테이블에 앉아있는 생면부지의 사람들이 밥 먹는 내 모습을 흘끔거리며 내 식탐을 주시할 것만 같았기 때문이다. 그럼에도 홀로 식당 문을 열고 들어가 테이블에 앉았다는 건 본능적 욕구에 내가 패배하고 말았다는 의미였다.

나는 마치 배가 덜 고픈 사람처럼 아무렇게나 놓인 신문을 펼치거나 전화기를 들여다보다가, 음식이 나오면 먹는 일에 별다른 흥미가 없는 사람처럼 아주 천천히 고개를 돌려 수저를 들었다. 그 '천천히'는 배가 안 고픈 척 연기하던 내 착각이었는지도 몰랐다. 음식을 다 먹고 식당을 빠져나오면 배 속엔 내가 삼킨 음식들로 꽉 차있었지만 포만감은 느껴지지 않았다.

어쩌면 내 인생 첫 혼점이 남긴 상처 때문이었을지도 모르겠다. 함께 어울리던 친구들이 하루아침에 나를 투명 인간 취급하던 열한 살의 어느 날, 나는 왕따가 되었다. 친구들에게 인사를 해도 데면데면하게 굴고, 내가 말을 걸어도 대답을 않고 피할 때부터 심상치 않았다. 어린 나이에도 나쁜 예감은 그렇게나 명백한 것이었다.

어제까지도 나와 함께 밥을 먹던 친구들은 자기들끼리 떠들썩하고 즐거운데 나는 혼자 고개를 수그린 채 도시락을 먹어야 했다. 그렇게 먹는 밥은 왜 그리도 딱딱하고 아무런 맛도 느껴지지 않던지. 얼른 씹어 넘기려 해도 밥알은 목구멍으로 잘 넘어가지 않았다. 혼자서 억지로 음식을 삼키는 내 모습이 같은 반 친구들의 구경거리가 된 것 같아 급하게 밥을 먹고 나면 오히려 속이 허전했다. 나를 쳐다보고 있었던 건 어쩌면 나뿐이었을 텐데.

그 친구들이 나를 다시 받아주기만을 바라며 한동안 혼자서 밥을 먹었다. 시간이 지나 친구들이 나를 다시 받아주고 함께 도시락을 먹는 사이가 되었지만, 그땐 이미 친구들과 기쁨을 온전히 나누기 어려운 사이가 되어버린 것을 알았다. 나는 밥을 먹으면서도, 함께 놀면서도, 친구들이 나의 말이나 행동에 어떻게 반응할지를 염려하는 아이가 되어버렸다. 친구들이 언제 내게 싸늘하게 등을 돌릴지 두려웠다. 그러면 나는 또 다시 혼자 밥을 먹어야 할지도 몰랐다. 내게 그것만큼 무서운 일은 없었다.

그나마 운이 좋았던 것은 말이 통하는 어른들이 곁에 있었다는 것이다. 바로 담임 선생님이나 피아노 학원 선생님, 산수를 못해서 억지로 다녔던 주산 학원, 속

셈 학원 선생님 들이었다. 그분들은 나의 외로움을 금세 알아챘다. 그렇다고 섣불리 위로의 말을 건네지도 않았다. 그저 나를 지켜봐 주고, 내가 작은 일을 해내면 격려해 주었다. 그분들과의 대화는 친구들을 대할 때처럼 내가 또 실수를 하지 않았는지 곱씹지 않아도 괜찮았다.

초등학교 6학년 때 담임 선생님은 막 교사에 임용된 아주 젊은 선생님으로, 내가 던지는 농담에 늘 미소를 짓는 상냥한 분이었다. 친구들의 마음을 상하게도 했던 장난이 선생님을 웃게 한 것이 나를 안도하게 했다. 선생님은 가끔 내 일기장에 다정한 말을 적어주곤 했다.

'사람은 혼자 살 수 없단다. 그러려면 자신의 아집을 버릴 줄도 알아야 해.'

아집이라는 말을 그때 처음 알았다. 그걸 어떻게 버려야 하지? 선생님에게는 내가 아집이라는 말을 알 정도로 조숙하게 보였던 걸까. 일기 쓰는 걸 좋아하는 나에게 글을 잘 쓴다고 처음으로 칭찬해 주었던 분도 바로 그 선생님이었다. 나는 어쩌면 그때부터 작가가 되고 싶다는 막연한 꿈을 가졌을지도 몰랐다.

그 시절 친구처럼 편했던 문구점 주인 아주머니도

빼놓을 수가 없다. 준비물을 사러 등굣길에 부지런히 들렀던 문구점을 하굣길에도 곧잘 찾아가곤 했다. 학교가 파하고 운동장에서 친구들과 오징어 게임이나 피구 같은 걸 하다가도 문구점으로 달려갔다. 그러면 아침과는 달리 한가한 문구점을 지키고 있던 아주머니가 나를 반겼다. 아주머니를 만나면 무슨 할 말이 그렇게도 많았는지, 우리의 대화는 한참 이어지곤 했다.

문구점에서 뭘 사기는커녕 아주머니가 쥐어준 사탕을 입에 물고 뒤늦게 운동장으로 달려가면 친구들은 벌써 집으로 돌아간 뒤였다. 운동장 한구석에는 아무렇게나 던져진 내 책가방만 휑뎅그렁하게 남아있었다. 문구점 아주머니와 이야기를 나눌 때는 느껴지지 않던 외로움이 그제야 내 안에서 철썩거렸다. 그 순간 어른들이 채워줄 수 없는 내 인간관계의 결핍을 알아챘다. 담임 선생님이나 문구점 아주머니와는 도시락을 함께 먹는 사이가 될 수 없었으니까.

그때부터였던 것 같다. 나의 단짝 찾기 프로젝트의 시작은. 나는 외로움을 털어놓을 수 있는 친구, 혹은 내 외로움을 잊을 수 있게 해줄 친구들을 찾아 헤맸다. 언제라도 변함없이 함께 밥을 먹을 친구가 있다면 괜찮을 것 같았다. 소풍을 가서 함께 김밥을 먹고 사이다를 나누어 먹을 친구, 하굣길에 밀 떡 열 개가 올려진 떡볶이 오백 원어치를 공평하게 나눠 먹으며 시시콜콜 수다를 떨 친구가 절실했다. 맛있는 것을 혼자 먹는다는 것이 세상에서 가장 외로운 일이라도 되는 것처럼 그렇게나 간절했다.

무언가가 너무 간절해지면 집착이 되고, 집착이 지속되면 오히려 원하는 것을 망쳐버리고 만다. 나의 인간관계가 그랬다. 친구를 찾으려 애쓸수록 더욱 삐걱거리는 관계들. 그런 내게 공공장소에서 혼자 밥을 먹는 것은 늘상 관계를 망치기 일쑤인 내가 여전히 외롭다는 걸 보여줄 뿐이었다.

나는 외로운 나 자신을 감당할 자신이 없었다. 그런 나를 모른 체하는 게 차라리 속 편했다. 그때부터 나는 스스로를 외면하는 법을 연습했다. 외로운 나는 이 세상에 없는 것처럼.

그런 내 앞에 한 사람, 주나 씨가 나타났다. 나의 변덕이나 감정 기복에도 흔들리지 않고 늘 한결같은 사람. 내 곁에서 변함없는 온기를 나누어 주는 사람. 더 이상 단짝을 찾을 필요가 없다는 안도감이 나를 감쌌다. 나는 망설임 없이 그 사람과 결혼을 했다.

하지만 현실은 동화가 아니었다. 두 사람은 결혼해서 행복하게 살았다기보다는 행복하게 살고 싶어서 죽도록 싸웠다고 해야 할까. 그렇게 사랑해서 결혼해 놓고 우리는 결혼하고부터 본격적으로 싸우기 시작했다. 이렇게 싸우려고 결혼했나 싶도록 징글징글하게 싸웠다. 친구에게도 솔직하게 다 말하지 못했을 것도 다 털어놓으며 싸웠다.

다행인 건 싸우고 나서도 우리는 한집에서 얼굴을 마주 보며 밥을 먹고 잠을 자야만 하는 사이라는 것이었다. 어릴 때 친구처럼 주나 씨는 나를 모른 체하거나 나 혼자 밥을 먹게 하지 않았다. 그렇게 툭탁거리다가 다시 이야기를 나누면서 자연스럽게 화해를 했다. 아직 화해하고 싶은 마음이 없는 상황에서 서로 눈빛이 마주쳤다가 피식 웃음이 나와서 어쩔 수 없이 화해가 되기도 했다. 그러고 나면 먼저 속 좁게 굴었던 나를 돌아볼 마음의 여유도 생겼다.

마음 가는 대로 언제든 편하게 나를 내보일 수 있는

사람이 곁에 있다는 것. 그것이 나 스스로에게도 너그러운 마음을 가지게 했다. 주나 씨를 통해 내가 나를 더 아껴줄 수 있었다.

설렁탕집에 나 혼자 밥을 먹으러 들어갔던 어느 겨울을 기억한다. 밥 한 그릇을 사 먹을 때에도 생활비를 따져보고 내 용돈을 계산해야 했던 내 인생의 겨울날. 나는 배가 몹시 고팠고, 지독히도 운수가 나빴던 김 첨지의 부인도 아니면서 그날따라 설렁탕이 너무나도 먹고 싶었다. 그 순간 나는 왜 바보같이 일하고 있는 주나 씨에게 전화를 걸었을까. 주나 씨는 배가 고플 테니 어서 식당에 들어가 밥을 먹으라고 재촉하고는 전화를 끊었다.

한참을 망설이다가 식당에 들어가 설렁탕을 주문했다. 점심시간이 지난 한적한 식당 안에는 사람이 한둘이나 있었을까. 혼자 테이블에 앉은 나를 잊기 위해 음식이 나올 때까지 나는 신문의 한 글자 한 글자를 딱딱한 쌀알 씹듯 읽기 시작했다.

잠시 후 김이 모락모락 피어오르는 설렁탕이 나오자 신문을 접어 옆으로 밀어두고는 밥을 먹기 시작했다. 먼저 뽀얀 국물을 조심스레 떠먹었다. 목구멍부터 배 속으로 뜨끈한 것이 내려가니 기운이 좀 나는 듯했다. 흰밥을 국물에 말아서 한 숟가락 크게 뜨고 깍두기까지 올린 후 입을 쩍 벌려 넣었다. 부드러워진 밥알, 오독오독 씹히는 깍두기. 따뜻한 밥에 두 볼이 터질 듯 볼록해졌다.

그때부터 내 숟가락질은 망설임이 없었다. 왼손에 든 숟가락에 밥을 뜨면 오른손으로 깍두기를 올려서 입 안으로 직행. 두 손이 서로를 도와가며 어찌나 착착 움직이던지. 그 순간 나는 엄마가 곁에 바투 다가앉아 자식을 챙기듯이 나에게 밥을 떠먹여 주고 있었다. 잘 먹는다고 엉덩이까지 두드리며 나를 다독거리고 있었다. 뚝배기에 담긴 설렁탕을 국물까지 들이켜고 나니 추위는 감쪽같이 사라지고 속이 든든했다.

혼자 밥을 먹는 것은 나 자신을 오롯이 대접하는 일. 내 식탐 따위 세상 사람들이 알아채면 좀 어때. 내 식욕이 어마어마하면 그건 또 어때. 못 말리는 식탐을 충분히 만족시키고 나니 내가 조금 더 마음에 들었다. 나는 그런 사람이었다.

인생의 겨울날 혼자 설렁탕 먹기

1. 배가 고파서 유난히 마음이 추운 날 망설이지 말고 설렁탕집에 들어간다.
2. 설렁탕 한 그릇을 주문한 뒤 식당 테이블에 신문이 있다면 모처럼 신문을 읽는다. 기다리는 시간의 지루함이 줄어든다.
3. 설렁탕이 나오면 일단 국물 맛을 본다. 식당 설렁탕은 대체로 간이 되어있으니 소금을 너무 많이 첨가하지 말 것.
4. 당면이 들어있는 설렁탕은 불기 전에 건져 먹고, 밥 한 술에 깍두기를 얹어서 볼이 터지도록 먹는다.
5. 밥과 국물을 따로 먹다가 절반 정도 먹었을 때 밥을 말아 먹는다. 부드러운 밥알을 맛볼 수 있다.
6. 국물까지 후루룩 마시고 나면 추위가 가시고, 식당을 나서는 발걸음이 더욱 씩씩해진다.

어쩌다 비건에 가까이

나만의 샌드위치

한 끼 때우듯 그렇게 하루하루를 겨우 이어나가던 때가 있었다.

그날 아침도 세수를 한 뒤 머리를 빗고 있었다. 머리를 매만지다가 오른쪽 두피에서 흰 머리카락 뭉치를 발견했다. 한두 가닥이 아니라 그 부분만 따로 염색을 한 것처럼 검은 머리카락들 사이에서 하얗게 빛나고 있었다. 눈으로 볼 땐 잘 몰랐는데, 손으로 만져보니 그 희디흰 뭉치의 중심부가 휑하니 비어있었다.

한 번도 보지 못한 낯선 증상에 놀라고 당황해서 병원으로 달려갔다. 백반증이라고 했다. 백반증 초기에는 원형 탈모 증상이 함께 나타날 수도 있다고 했다. 두피에서 시작된 백반증은 오른쪽 헤어 라인에서 이마로도 이어지며 피부에 하얀 흔적을 만들고 있었다. 이렇게 되도록 왜 전혀 알아차리지 못했을까. 무서웠다. 이러다가 내 머리카락들이 전부 하얗게 세어버리면 어쩌지. 그 하얀 얼룩이 이마에서 볼로, 그러다가 얼굴 전체로 퍼져버리면 어떻게 하나. 상상만으로도 공포스러웠다.

이리저리 알아본 끝에 백반증 연구로 명성이 높다는 한 대학 병원의 피부과 의사를 찾아갔다. 한참을 기다려 잔뜩 긴장한 채로 의사와 마주 앉았을 때, 그분은 내 마음과는 달리 평온한 미소를 지어 보였다.

"증상이 심하지는 않네요. 백반증이 암처럼 위험한 것도 아니고요. 사는 데엔 아무런 지장이 없어요."

백반증 치료를 위해, 정확히는 흰색 반점 부위가 더 퍼지는 것을 막기 위해 강한 스테로이드제를 환부에 주사하고, 한 달치 약을 처방받았다. 그건 종합 비타민과 엽산이었다. 맥이 다 빠졌다. 병원에 가면 확실한 치료 방법이 있을 줄 알았는데. 고작 영양제를 열심히 섭취한다고 해서 백반증이 나아질 거라는 기대는 전혀 할 수 없었다. 백반증 치료제라는 건 세상에 없구나. 커다란 약봉지를 받아 들고 약국을 나오는데 온 세상이 캄캄했다. 이제 나는 어떡하지.

가까운 피부과 의원에서 멜라닌 색소를 자극해 피부색이 원래대로 돌아오게 한다는 엑시머 레이저 치료를 받기 시작했다. 레이저 치료를 받으려면 환부와 그 주변에 자외선 차단제를 바르면 안 되었다. 레이저 치료를 다 받고 나서야 피부과 파우더룸에 들어가 이마에 자외선 차단제를 바르고 파우더로 이마를 꾹꾹 눌렀다. 그러곤 앞머리를 내렸다. 오른쪽 두피에 레이저 치료를 받으려고 왼쪽으로 넘긴 머리칼들을 다시 오른쪽으로 빗어 넘겼다. 하얀 머리카락들이 남들 눈에 띄지 않도록. 그래도 잘 덮어지지 않는 부분에는 새치 커버 제품을 사용해 가렸다.

병원에서 제대로 된 화장을 마치고 거리로 나설 때면 마음이 괴로웠다. 이 세상에 나보다 불행한 사람은 없는 것 같았다. 둘러보면 나만 빼고 다들 행복해 보였다. 모두가 원망스러웠다. 그때 나는 이미 세상을 원망하는 법, 내 모든 어려움을 남 탓으로 돌리는 데에 도가 터 있었다.

결혼하고 몇 년 후 주나 씨가 시작한 사업이 한창 어려움을 겪고 있었다. 아무리 작은 사업이라 해도 생각지 못한 문제들은 자꾸 터졌다. 그 문제들을 어떻게든 감당하고 해결하기 위해 주나 씨는 이리 뛰고 저리 뛰며 애를 썼다. 그러나 누구보다도 성실하고 열심히 일한 주나 씨의 노고가 보람으로 돌아오지 않았다.

주나 씨가 힘들어지면서 중심을 잃고 흔들린 것은 주나 씨가 아니라 나였다. 주나 씨의 단단함에 기대어 살았던 나는 힘든 상황에 놓인 그를 바라보는 것이 고통스러웠다. 주나 씨가 나를 보며 아무렇지 않은 척 웃을 때조차 나는 웃음이 나지 않았다. 아무리 노력해도 상황이 나아지지 않는 것을 보면 이건 분명 우리 잘못이 아니었다. 나는 손 놓고 앉아 세상을 탓했다.

그런 내게 백반증까지 찾아온 것이었다. 일주일에 한두 번씩 꼬박꼬박 엑시머 레이저 치료를 받았다. 치료를 받고 오면 피부색이 좀 돌아왔는지, 백반 부위가 더 커지지는 않았는지 예민하게 들여다봤다. 불규칙한 반점의 변화를 꼼꼼히 파악하려고 이마와 두피 사진을 찍고 또 찍었다. 하지만 아무리 들여다봐도 나아지는 기미는 보이지 않았다. 이마와 두피에 따끔거리는 화상만 반복해서 입을 뿐이었다. 병의 정확한 원인을 모르니 뾰족한 치료 방법이 없는 것도 당연한 것 아니었을까. 그 막막함에 또다시 주저앉아 세상을 원망했다.

그날도 이마와 두피 찍은 사진을 들여다보고 있었다. 도통 변화를 구분할 수 없는 어제와 오늘의 반점들. 문득 이 하얀 테두리 안에 갇혀있는 내가 보였다. 사랑하는 사람이라는 이유로 주나 씨에게 기대기만 한 죄, 사랑하는 그가 내 삶을 돌봐주기를 바라기만 한 죄, 그렇게 나를 방치한 죄, 그래서 하루하루를 겨우 연명한 죄로 나는 벌을 받고 있는 것 같았다. 그 테두리는 점점 새하얗게 내 삶을 잠식하고 있었다.

막다른 곳에서 희망의 불씨마저 사라지면 스스로 희망을 만드는 지혜가 생기는 걸까? 밑바닥에 다다르면 떨어져 내린 만큼 삶의 욕구도 솟구쳐 오르기 마련일까? 더 이상 갇혀있고 싶지 않았다. 남편 걱정, 돈 걱정, 어찌 될지 알 수 없는 내일을 걱정하느라 오늘을 헛되이 써버리고 싶지 않았다. 더 이상 갈 곳 없는 나는 그저 오늘 해야 하는 일, 내가 할 수 있는 일에 집중하기로 했다.

우선 불규칙적으로 하던 산책을 매일 하고, 과일과 채소를 더 맛있게 먹는 것부터 시작했다. 그때부터 나의 장보기 방법도 달라졌다. 일주일에 한 번 재래시장에 가서 채소와 제철 과일을 넉넉히 사다가 남김없이 먹는 것이다. 온갖 식재료들로 꽉 채운 냉장고를 싹 비우는 미션이랄까. 간신히 국과 마른 반찬을 만들어 먹으면서 외식을 즐기고, 손도 까딱하기 싫은 날이면 손쉽게 배달 음식을 고르던 나는, 가장 게을렀던 손을 움직여 내 몸을 위한 음식을 만들기 시작했다.

처음엔 백반증 때문이었다. 백반증 치료에 채소를 골고루 섭취하는 것 이상의 방법은 없었다. 특히 컬러 푸드가 좋다기에 빨강, 노랑, 초록의 파프리카와 가지, 보라색 양배추 같은 것들을 열심히 챙겨 먹었다. 그러다 보니 자연스럽게 채소 고유의 맛을 알게 되었다. 어떻게 하면 채소를 더 맛있게, 이왕이면 더 많이 먹을 수 있을지를 탐구하게 되었다. 뭐 하나 뜻대로 되지 않는 내 삶은 어쩔 도리가 없었지만 감자나 호박, 당근과 토마토는 어찌해 볼 수가 있었다. 혼자서라도 먹고 싶은 게 생각나면 기꺼이 부엌으로 들어가 채소부터 꺼냈다. 나는 점점 채식 위주의 식사를 즐기고, 더 맛있는 채소를 찾다 보니 친환경적인 채소들을 더 자주 구입하게 되었다. 어느덧 완벽하진 않지만 내 삶은 비건에 조금씩 가까워지고 있었다.

무계획이 삶의 거대한 계획이었던 내가 먹는 일에 있어서만큼은 누구보다도 계획적인 사람이 되어간다는 것, 끼니를 때우기보다 스스로를 위해 음식을 만들고 잘 먹는 일이 얼마나 기쁜 일인지 알아간다는 것. 일요일 저녁을 먹으면서 다음 날 먹을 혼자만의 점심 메뉴를 은밀히 도모하는 기쁨을 어찌 설명할까.

내가 가장 좋아하는 혼밥 메뉴는 오이 달걀 샌드위치. 막 찐 달걀에 마요네즈, 버터, 후춧가루, 허브 가루, 씨겨자 소스, 아무튼 맛있는 건 몽땅 넣어 함께 으깬다. 달걀을 찌는 동안에 오이를 소금에 절였다가 물기를 꼭 짜서 달걀 샐러드에 섞어주면 된다. 샌드위치 맛은 또 빵이 좌우한다고 해도 과언이 아니다. 나는 거친 호밀빵을 특히 좋아하는데, 호밀빵을 썰어서 노릇노릇하게 구워 습기가 차지 않게 세워 열기를 식히면 빵의 바삭함이 살아난다. 잘 구운 빵이 아작아작 오이가 더해진 달걀 샐러드와 만나면! 이보다 완벽한 샌드위치가 있을까. 여기에 그뤼에르 치즈까지 올려주면 금상첨화.

몇백 년 전 영국 귀족들이 온실 재배된 비싼 오이를 구해 자신의 부를 과시하며 먹었을 오이 달걀 샌드위치를 나는 이렇게 편안하고 우아하게 즐긴다. 귀족도 안 부러운 맛. 이 맛이 얼마나 좋았으면 오이 달걀 샌드위치를 아직까지 주나 씨에게는 만들어 준 적이 없다. 맛있는 걸 혼자서만 오롯이 먹고 싶은 마음도 못말리는 식탐일까.

이제는 내 일부가 되어버린 백반증은 큰 변화 없이 내 이마와 두피에서 잘 지내고 있다. 혼자서도 잘 먹으며 기세등등해진 기막힌 자기애에 기가 눌렸는지, 눈에 띄게 커지지는 않은 채로. 염색할 때가 되었나 확인하기 위해 머리칼들을 넘기다 보면 자연적으로 생기는 새치에 비해 유난히도 하얀 머리카락 뭉치들이 눈처럼 환하게 반짝거린다. 어찌나 눈이 부신지. 아직은 부담스러워 보일까 봐 염색을 하지만, 언젠가는 남들 시선 신경 쓰지 않고 흰 머리카락들을 화려한 머리띠인 양 드러내 놓고 다닐 날을 기다리고 있다.

삶은 찰나의 행복과 원인 따위를 알 수 없는 선명한

불행이 어우러져 완성되는 추상화라는 것을 알지 못했다. 시작과 끝을 선택할 수도, 기쁨과 슬픔의 농도를 조절할 수도 없는, 주어진 것을 묵묵히 그려나가야만 하는 나만의 작품. 얼룩덜룩한 백반증도 나의 캔버스에 선명히 새겨져 있음을 이제는 안다. 그 무늬는 그 누구의 것도 아닌 나만의 무늬라는 것도.

내 작품은 여전히 진행형이니 언제 어느 때든 또다시 힘든 시간이 찾아오겠지. 그때는 묻지도 따지지도 않고 먼저 나에게 맛있는 음식을 만들어 줄 것이다. 그리고 하나도 남김없이 싹싹 다 비워야지. 처음에 나를 두렵게 했던 백반증을 내 것으로 받아들이고, 부족하고 부끄러운 내 모습마저 받아들일 수 있었던 것은 나에게 좋은 음식을 대접했기 때문이 아니었을까. 내가 나부터 정성껏 돌보면서 삶에 찾아드는 어려움들이 조금은 감당할 만해졌으니까.

어느 날 불쑥 새하얀 테두리가 다시 나를 집어삼키려 한다면 일단 오이 달걀 샌드위치부터 먹은 뒤에 생각해 보게 될지도 모르겠다.

혼자 먹어서 더 맛있는 오이 달걀 샌드위치

1. 달걀 3개를 찜기에서 13분 가량 찐다.
2. 오이를 적당한 두께로 송송 썰어 소금을 뿌리고 10분 정도 절인 후 물기를 꼭 짠다.
3. 막 쪄낸 달걀은 찬물에 헹궈 껍데기를 벗긴 후 마요네즈, 후춧가루, 씨겨자 소스, 허브 가루를 넣는다. 버터를 좋아한다면 버터도 약간 넣어 으깬다.
4. 달걀 버무릴 때 치즈를 넣어도 좋고, 나중에 슬라이스 치즈를 올려도 괜찮다.
5. 맛있게 버무린 달걀에 절여둔 오이를 섞어준다.
6. 호밀빵 4조각을 기름 없이 달군 팬에 앞뒤로 구운 뒤 열기를 식혀준다.
7. 바삭한 호밀빵에 달걀 버무린 것을 올리고 고운 고춧가루를 살짝 뿌려준다. 깔끔한 맛 상승 효과.(고춧가루 대신 파프리카 파우더를 넣으면 더 맛있다.)
8. 완성된 샌드위치를 아작아작 먹으면 혼자라서 행복한 혼밥이 보장된다.

뚜껑을 활짝 열고 싶은 날

도시락의 비밀

오랫동안 까맣게 잊힌 채 추억의 모래밭 속 깊이 파묻혀 있다가 어느 날 불현듯 발굴되는 기억은 바로 어제 일처럼 느껴진다.

깜깜해서 더욱 조용한 겨울 새벽, 작은 방 하나를 밝히는 형광등 불빛. 그 아래 이불을 어깨까지 뒤집어쓰고 엎드려 있는 나와 동생이 보인다. 학교 가는 날보다 일요일에 눈이 더 반짝 떠지곤 했던 그때의 우리.

유난히 일찍 깨어나 더욱 길기만 한 일요일 아침은 어김없이 배도 일찍부터 고파왔다. 우리는 엄마 아빠가 일어나기를 기다리며 우리만의 이불 속 놀이를 시작했다. 엄마의 책이었지만 정작 엄마가 펼치는 것은 거의 본 적이 없는 요리책 보기. 그중에서도 우리 자매는 '365일 맛있고 예쁜 도시락' 정도로 기억되는 제목의 책을 좋아했는데, 페이지마다 현란한 도시락 사진이 펼쳐져 있었다.

나와 내 동생은 한 장 한 장 신중하게 책장을 넘기면서 각 페이지마다 서로 마음에 드는 도시락을 하나씩 선택했다. 그러곤 왜 그 도시락을 선택했으며 그 도시락의 특별한 점은 무엇인지, 언제 그 도시락을 먹을 것인지에 대한 진지한 질문과 대답을 끊임없이 나누었다.

알록달록 갖가지 채소와 고기가 먹음직스럽게 어우러진 유부 초밥과 김으로 콕콕 눈을 박은 문어 모양의 비엔나소시지, 달걀 흰자와 노른자를 분리해 만든 빛깔이 고운 달걀 샌드위치, 경양식 집에나 가야 볼 수 있는 파슬리(그땐 그게 파슬리인 줄도 몰랐다)로 앙증맞은 나무를 만들고, 옆엔 아이들이 싫어하는 당근을 먹게 한다며 화려하게 장식한 당근 꽃다발까지.

그건 내 도시락과는 너무 달랐다. 환상처럼 모든 것이 완벽하기만 한 도시락을 보며 나는 잠시 현실을 잊었다. 아픈 엄마는 없고, 반찬이 섞여 엉망이 된 도시락과 점심시간도 사라지고, 오로지 그림 같은 도시락만이 펼쳐진 책 속 세상. 그 속에 있으면 일요일 아침의 배고픔도 사라지는 것만 같았다.

내가 어릴 때부터 엄마는 많이 아팠다. 무엇보다 엄마는 밤에 쉽게 잠들지 못했다. 밤새 뒤척이며 긴긴 밤을 보내다가 새벽에야 간신히 잠이 들곤 했다는 엄마. 등교하기 전 조용히 안방 문을 열고 빼꼼 들여다보면 푹 꺼진 눈을 감고 메마른 얼굴로 고단하게 잠든 엄마 얼굴이 보였다. 그 모습을 볼 때면 엄마가 과연 오늘 일어날 수 있을까 두려운 마음이 들곤 했다.

그런 아침은 자주 있었고, 그래서 아빠가 도시락을 싸주는 날도 잦았다. 주로 엄마가 미리 만들어 놓은 멸치볶음이나 시금치나물 같은 것을 도시락 통에 담는 일. 엄마가 몸이 너무 안 좋아 반찬을 준비하지 못한 날이면 부엌에서 조금 허둥대는 아빠의 뒷모습이 보였다.

아빠는 러닝셔츠 차림으로 싱크대 앞에서 대접에 달걀을 풀어 열심히 휘저었다. 그러다가 문득 조용해지는 순간은 쪽파를 썰 때. 나에겐 세상 누구보다도 컸던 아빠가 고개를 비스듬히 기울이고 가느다란 쪽파를 쫑쫑 써는 모습은 어쩐지 어울리지 않아 보였다.

쪽파를 섞은 달걀물을 팬에 붓고 고소한 냄새가 나기 시작하면 아빠는 신중해졌다. 뒤집개로 달걀부침을 돌돌 말아주어야 하니까. 노릇노릇 익은 뜨거운 달걀말이를 썰 때는 부서질 수 있으니 특히 조심해야 한다고 아빠는 강조했다. 달걀말이를 써는 아빠의 뭉툭한 손은 그 어느 때보다도 얌전했다. 그렇게 준비한 달걀말이를 반찬통 한쪽에 담고, 다른 한쪽에 김치까지 담고 나면 아빠는 중요한 숙제를 마친 학생처럼 웃었다.

문제는 점심시간이었다. 친구들과 책상을 붙이고 둘러앉아 도시락을 열 때마다 나는 늘 조금 떨렸다. 아빠가 도시락을 싸준 날이면 반찬들이 한쪽으로 몰려서 온통 뒤섞여 있었기 때문이었다. 그날도 어김없이 달걀말이가 김치 국물에 젖어서 고춧가루가 어지러이 박힌 오렌지색으로 물들어 있었다.

다른 친구들의 단정한 도시락 앞에서 나는 도시락을 조심스레 열어놓고 김치 국물 맛이 나는 달걀말이를 열심히 먹었다. 그것이 가장 맛있는 반찬이라도 되는 양 뺏길 수 없다는 듯이. 다행히 나는 먹는 속도가 빨라 내 도시락 반찬은 다른 친구들 것보다 손쉽게 사라질 수 있었다.

처음엔 아빠가 미웠다. 엄마가 싸줄 때는 얌전하기만 한 반찬들이 왜 아빠가 싸주기만 하면 난리가 나는 걸까. 왜 아빠는 엄마처럼 싸주지 못할까. 꼼꼼히 싸주지 못하는 아빠를 원망하다 보면 결국은 엄마 때문이라는 예상치 못한 결론에 도달했다. 엄마는 왜 다른 엄마들처럼 일찍 일어나지 못할까. 도시락 싸는 일이 왜 그리 힘들까. 우리 엄마는 왜 다른 엄마들과는 다른 걸까. 왜 자꾸 아플까.

엄마는 가끔 그런 말을 했다. 삼시 세 끼를 해결할 수 있는 알약이 있었으면 좋겠다고. 하루 세 끼 밥을 차리고 먹는 일이 너무 괴롭다고. 휴일에 온 가족이 둘러앉아 늦은 아침을 먹을 때에도 엄마는 약을 먹고 자니 아침이면 입 안이 쓰다며 억지로 밥 한 술을 넘겼다. 먹는 것이 괴로운 엄마가 자신을 위해 음식을 만들었을 리 만무하고, 힘들게 일어난 아침이면 우리를 위해 도시락을 두세 개씩 싸면서 온몸의 진이 다 빠지지 않았을까.

엄마와 아빠가 싸주었던 도시락이 다시 떠오른 건, 코로나 이후 가끔 주나 씨와 내 도시락을 챙기면서부터였다. 가장 만만한 건 군고구마나 찐 감자, 혹은 찐 단호박. 열기를 완전히 식힌 구황 작물들을 한 입 크기로 잘라 담고 찐 달걀과 견과류, 과일을 곁들인 도시락. 혹은 소금과 후춧가루로 간을 한 데친 닭 가슴살과 방울토마토를 함께 싸기도 했다. 완두콩이 제철일 때에는 찐 완두콩과 산딸기, 블루베리 같은 것들을 양껏 마구마구 담기도 하고.

그렇게나 먹는 걸 좋아하지만 막상 도시락을 싸는 일은 무척 귀찮은 일이었다. 김밥을 사 먹을까(사 먹는 건 너무 짜거나 달아), 떡이 나을까(먹다가 목 막혀). 이런저런 생각 끝에는 누가 좀 대신 싸줬으면 싶어지고, 그러다 마침내는 엄마가 떠오르고 말았다.

나는 이제야 그때 힘겹게 도시락을 싸주었던 엄마 마음을 헤아려 본다. 아빠가 싸준 뒤죽박죽 도시락을 자주 먹고, 엄마의 단정한 도시락은 가끔 먹을 수 있었던 내 어린 날들이 엄마, 아빠의 최선이었다고. 엄마는 엄마가 할 수 있는 최선을 다했다고.

엄마 생신날. 통 기운이 없던 엄마가 무척 밝은 목소리로 전화를 받더니, 아빠가 끓여준 미역국이 그렇게도 맛이 좋았다며 소리 내어 웃었다. 예전엔 그 쉬운 미역국도 못 끓이던 아빠가 이제는 누구보다도 맛난 미역국을 끓인다고. 그사이 아빠의 요리 솜씨가 부쩍 늘었다고 말이다. 엄마 목소리 뒤로 아빠의 껄껄대는 웃음소리가 가만히 들려왔을 때 달걀말이를 도시락에 담아주던 아빠의 웃음이 떠올랐다.

다시 그 시절 점심시간으로 돌아간다면, 도시락 뚜껑을 활짝 열고 아빠가 싸준 도시락이라며 친구들에게 자랑할 텐데. 그리고 오렌지색으로 물든 아빠의 달걀말이를 밥 위에 올려 두 볼이 터지도록 흐뭇하게 먹을 텐데 말이다.

추억의 달걀말이

1. 달걀 4개를 풀어서 달걀물을 만든다.
2. 노란색과 어울리도록 초록색 쪽파와 오렌지색 당근을 잘게 썰어 넣는다.
3. 채소까지 섞은 달걀물에 까나리 액젓 반숟가락을 섞는다. 까나리 액젓 대신 소금도 가능. 케첩에 찍어 먹기를 좋아한다면 모두 생략 가능.
4. 약하게 달군 팬에 약간의 현미유를 골고루 묻히고, 달걀물을 붓는다.
5. 달걀물이 흐르지 않을 정도로 익으면 끝부터 돌돌 말아준다.
6. 달걀말이 한 조각에 김치 한 조각을 올려 먹으면 도시락을 먹던 어린 시절을 추억할 수 있다.
7. 달걀말이를 다 먹고 나면 미웠던 친구도 추억이 되어 웃을 수 있을지도 모른다.

한 가지 음식만 먹어야 한다면

김밥, 김밥, 김밥

앞으로 오직 한 가지 음식만 평생 먹으며 살아야 한다면 김밥을 먹겠다고 생각할 정도로 김밥을 정말 좋아한다.

몇 년을 단골로 드나들던 김밥집의 김밥 맛은 지금까지 사 먹어본 김밥 가운데에서 가장 맛이 좋았다. 육십 가까이 되어 보이던 부부가 사이좋게 운영하는 작은 가게였다. 하얀 바탕에 파란 글씨로 쓴 촌스럽고 자그마한 간판을 달고 테이블은 두 개나 있었나 싶게 작은 가게. 다른 김밥집들처럼 메뉴가 많지도 않았다. 기본 김밥을 포함한 김밥 메뉴 세 가지에 라면을 팔았던 것으로 기억한다. 나는 주로 가장 싼 기본 김밥을 먹었는데, 몇 년을 먹어도 질리지가 않았다.

김밥집 주인아저씨도 자부심이 있어서, 처음 온 손님이 무슨 김밥이 맛있냐고 물으면 '우리 집은 좋은 김을 써서 김밥이 다 맛있다'고 큰소리쳤다. 주문한 김밥이 나오기를 기다리던 나도 저절로 고개를 끄덕이곤 했다. 주인아저씨의 그 모습에 내가 그 집 김밥을 더 좋아하게 되었는지도 모른다.

그 집 김밥의 특별한 점은 양념이 달큰하거나 질척이지 않았다는 것이다. 아주 깔끔한 맛. 기본적으로 좋은 재료를 써서 그럴 수 있었던 게 아닐까 하는 생각이 지금에 와서야 든다. 이 부부의 김밥을 몇 년 동안이나 평일 점심으로 먹었다. 어떤 날은 포장을 해서 일하는 중간에 저녁 참으로 먹을 정도로 좋아했다.

그런데 어느 날 갑자기 그 김밥집이 문을 닫았다. 그 전에 갔을 때만 해도 귀띔 한마디 없었던 그분들에게 어찌나 서운하던지. 당장 어디에서 점심을 해결해야 하나 막막한 기분이 앞섰다. 가만 보니 오래된 상가를 리모델링하면서 가게들이 부산하게 들고 나는 모양이 아마 건물주가 세를 올린 모양이었다. 김밥에 그토록 자부심 넘치던 그 부부는 어디로 갔을까 생각하니 서운했던 마음이 이내 염려하는 마음으로 바뀌고 말았다.

그렇게나 김밥을 좋아하면서도 사 먹을 줄만 알았지 직접 만들어 먹을 엄두는 내지 못했다. 어릴 때 소풍이나 운동회 날이면 엄마가 김밥 싸는 일을 힘들어 했기 때문이었을까. 몸이 약하고 자주 아팠던 엄마는 아침에 일어나지 못해서 우리가 등교하는 것을 보지 못하는 날이 많았다. 평소엔 엄마가 전날 준비해 둔 반찬이나 국을 먹으면 되니까 괜찮았는데, 김밥은 미리 싸 둘 수가 없으니 엄마는 소풍날이라도 다가오면 걱정이 태산이었다.

소풍날 아침, 부엌에서 참기름 냄새가 솔솔 풍겨오면 눈이 번쩍 떠지곤 했다. 평상시와는 달리 일찍 일어나 아빠와 함께 김밥을 싸고 있는 엄마가 보이면, 나는 괜히 더 신나고 엄마도 덜 아픈 것 같아 안심이 되었다. 게다가 엄마가 싸준 김밥은 얼마나 맛있었는지! 친구들과 바꿔 먹기 싫을 정도로 엄마 김밥이 좋았다. 하지만 엄마가 만든 김밥을 오래도록 먹지는 못했다.

좀 더 커서 중학생이 되었을 무렵부터 엄마는 내게

소풍날 김밥보다 더 맛있는 걸 싸주겠다고 했다. 당시 우리 동네에 있던 독일제과에서 머핀이나 미니 케이크 같은 걸 사서 케이크 상자에 종류별로 담아 우유, 과일과 함께 싸주었던 것이다. 빵이라면 아무리 배가 불러도 얼마든지 먹을 정도로 좋아하긴 했지만, 소풍날 다른 친구들과 달리 화려한 빵을 가지고 가는 게 결코 기쁘지 않았다. 친구들과 둘러앉아 도시락을 펼칠 때 친구들은 내 빵 상자에 환성을 질렀다. 나는 친구들에게 미련 없이 빵을 건네주었고, 빵에 혹한 친구들은 내게 자기들이 싸온 김밥을 아낌없이 나눠주었다. 나는 오히려 빵보다 김밥을 더 많이 먹게 되었지만, 어쩐지 소풍의 즐거움은 줄어든 것 같았다. 아마 그 뒤로 나에게 김밥이란 재료 준비에 손이 많이 가서 만들기 쉽지 않은 음식이라는 생각이 박혀버렸던 것 같다.

김밥은 만들기 어려운 음식이라는 고정 관념을 깬 건 아주 한참 뒤, 혼자 남프랑스로 여행을 갔을 때였다. 마침 앙티브에서 아들과 살고 있는 친구에게 신세를 지게 되었다. 친구는 멀리서 온 나를 진심으로 반겨주었고, 내가 지내는 동안 뭐든 맛있는 것은 다 먹이려

들었다. 각종 치즈와 와인, 맥주, 처음 맛본 달팽이 요리 에스카르고, 마을 시장에서 사온 쫄깃쫄깃한 수제 소시송과 잠봉, 좋아하는 채소를 구워 치즈를 듬뿍 올려 먹던 라클렛까지.

어느 날 우연히 김밥 이야기가 나왔다. 왜 김밥 이야기를 했는지 정확히 기억나진 않지만, 모르긴 몰라도 내가 또 김밥 좋아한다고 호들갑을 떨었나 보다. 그랬더니 친구가 김밥을 먹자고 했다. 준비가 너무 힘든 거 아니냐는 내 말에 김밥처럼 쉬운 게 없다고 하면서.

프랑스엔 단무지가 없다며 친구는 오이를 가늘고 길게 썰어 초절임부터 만들었다. 집에 있는 당근, 호박, 달걀, 햄 등을 꺼내 볶고 익히더니, 갓 지은 밥은 소금과 참기름으로 살짝 간을 하고, 김은 반으로 잘랐다. 친구는 준비한 모든 재료를 식탁 위에 다 펼쳐놓더니 이제 먹으면 된다고 했다. 각자 김에 밥과 먹고 싶은 재료를 넣어서 싸 먹는 일종의 셀프 김밥이라고나 할까.

준비하는 사람은 김밥을 싸고 써는 부담 없어 간편하고, 먹는 사람은 원하는 대로 재료를 골라 마음껏 만들어 먹을 수 있는 김밥. 멀리 타국에서 친구의 김밥을 먹으면서 '아, 이렇게 쉽게 먹을 수도 있구나' 하고 깨달았다. 게

다가 단무지 대신 넣은 오이 초절임이 어찌나 딱 알맞게 새콤달콤하던지 단무지가 하나도 아쉽지 않았다.

친구 집에서 머물던 마지막 저녁, 먹고 싶은 걸 말해보라는 말에 나는 또 망설임 없이 김밥을 해달라고 했다. 바로 그 셸프 김밥. 프랑스까지 와서도 김밥이 먹고 싶냐고 친구는 투덜댔지만, 프랑스에서 맛본 음식들 가운데에서 정말 친구의 김밥이 가장 좋았다.

그 이후로 나도 친구의 방식으로 김밥을 만들어 먹기 시작했다. 손에 참기름을 잔뜩 묻히고 좋아하는 시금치를 욕심껏 넣다가 결국 마지막엔 재료가 모자라 어묵이랑 단무지만 넣은 김밥을 만들기도 했고. 그렇게 먹다 보니 점점 김밥 만드는 실력이 업그레이드되고 있다.

요즘은 주나 씨와 함께 김밥을 만들어 먹는다. 내가 속 재료를 준비하면 주나 씨가 김밥을 싸고, 주나 씨가 싼 김밥을 내가 썰고, 같이 먹은 뒤에 설거지는 주나 씨가 한다. 김밥은 한 번 싸면 열 줄을 싸게 되는데, 열 줄이면 하루 세 끼는 해결이 되니 김밥을 싸고 나면 그렇게 마음이 뿌듯할 수가 없다.

얼마 전부터 내가 즐기는 김밥은 향이 좋은 나물을

넣은 나물 김밥이다. 미나리, 부추, 두릅, 깻잎순 등을 데쳐서 넣기도 하고, 아예 나물을 무쳐서 넣기도 하고. 생으로 먹어도 좋은 나물들은 그냥 그대로 넣으면 은은하게 나물 향이 나서 향기로운 김밥을 맛볼 수 있다. 가장 좋아하는 건 바로 미나리를 익히지 않고 그대로 넣은 것. 나는 햄을 그다지 좋아하지 않는데, 미나리를 넣으면 햄 냄새가 미나리의 향과 잘 어우러져 아주 훌륭한 김밥이 된다.

미나리 김밥을 선호하는 또 하나의 중요한 까닭이 있다. 바로 아름다운 김밥 꽁다리를 감상할 수 있다는 것. 김밥 끄트머리로 여린 미나리 이파리가 난처럼 곡선을 그리며 삐죽 나온 모양은 한 폭의 수묵 담채화가 따로 없다. 그래서 미나리 김밥을 싼 날에는 특히 김밥 꽁다리를 마지막까지 먹지 않고 남겨둔다. 예쁜 김밥을 먹기가 아까워서…….

친구에게 이 이야기를 했더니 내 말을 못 믿겠다는 것이 아닌가. 봄이 오는 길목, 이제 미나리가 제철이니 친구를 불러다가 함께 미나리 김밥을 만들어 먹어야겠다. 봄을 닮은 미나리 김밥에 친구도 바로 반하고 말 것이다. 자신한다.

김밥 열 줄의 행복, 미나리 김밥

1. 쌀 5컵과 같은 양의 물을 붓고 밥을 한다.
2. 달걀 5개를 풀어 도톰한 달걀지단을 부치고 길쭉하게 썬다.
3. 당근은 채를 썰어서 팬에 볶는다. 소금 간 약간.
4. 김밥용 햄이나 맛살을 넣는다면 팬의 기름기를 닦아준 뒤 팬에 한 번씩 구워준다.
5. 잘 씻은 오이는 반으로 잘라 가운데 씨를 발라내고, 김밥에 넣기 좋게 잘라서 약간의 소금에 절인 후 물기를 짜준다.
6. 미나리는 잘 씻어서 물기를 잘 털어준다.
7. 소금, 참기름, 참깨로 밑간을 한 밥을 김 위에 펴주고 모든 재료들을 올려 돌돌 만다.
8. 맨 처음 싼 김밥을 썰어 미나리 이파리가 빼꼼 보이는 김밥 꽁다리를 감상한 후 맛을 보며 나머지 9줄을 마저 싼다.
9. 미나리 향 가득한 김밥을 먹으며 상큼한 하루를 보낸다.

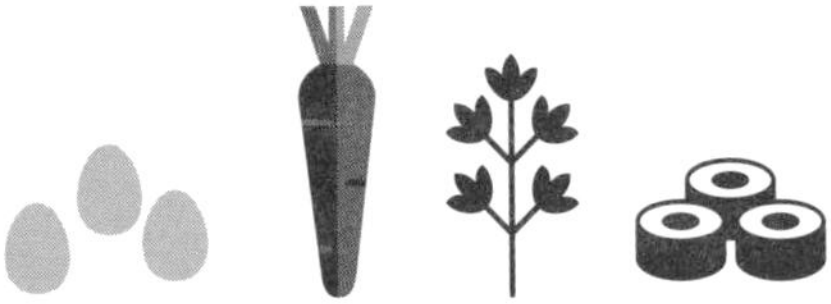

대식하는 미식가를 위한 메뉴

온전한 비빔밥

부모님의 식습관을 보건대 내 먹성과 식탐은 유전자와는 무관해 보였다.

그렇다면 나는 도대체 누굴 닮은 것인가 궁금하던 그때, 인터넷 검색을 하다가 웹사이트 나무위키에서 놀라운 글을 읽게 되었다. 한국인에게는 오랜 대식의 역사가 있다는 내용의 글이었다. 이미 삼국 시대부터 일본이나 중국과 같은 주변국들에 비해 눈에 띄게 컸던 밥그릇에 대한 내용이나 조선을 방문했던 서양인들의 시선에서 본 조선인들의 다식 내지는 대식에 대한 기록 등이 꽤 다양하게 남아있었다. 특히 병인박해 때 순교

한 성인 가운데 한 사람인 안토니오 다블뤼 주교의 기록이 무척 인상적이었다.

"우리 신자들 중 한 사람은 나이가 30세에서 45세가량 되는데, 그는 어떤 내기에서 7인분까지 먹었다. …… 64세에서 65세가 된 어느 노인은 식욕이 없다 하면서도 다섯 사발을 비웠다."

우리 할아버지임이 분명한 노인이 거기에 있었다.

영양소의 불균형 때문에, 강도 높은 농사일을 감당하기 위해서, 혹은 탐관오리의 수탈에 지친 백성들이 식량을 뺏기기 전에 먹어치우려 했다는 등의 대식에 대한 다양한 원인 분석을 읽으니, 비로소 나의 식탐을 납득할 수 있을 것 같았다. 자주 배가 고프고, 많이 먹어야 심신이 안정되며, 먹을 때가 가장 행복한 나에 대하여. 그래서 먹을 때에야 빛을 발하는 '숨겨 왔던 나'의 열정적 면모에 대하여.

그렇다고 해서 내가 무조건 많이 먹을 수 있다고 쉽게 만족하는 사람은 아니다. 내게도 나만의 취향이라는 게 있다. 무엇보다도 신선한 채소를 충분히 먹어야만 한다. 이왕이면 다양한 채소를 골고루 맛보는 것이 좋다. 식감이 살아있어 씹는 맛이 좋고, 채소의 어우러짐을 음미할 수 있으며, 기름지고 화려하기보다 간이 세지 않고 소박한, 그러면서도 만들기 어렵지 않아서 손쉽게 나를 만족시킬 수 있는 음식이어야 한다.

그런 나에게 꼭 맞는 메뉴가 바로 채소와 나물을 잔뜩 올린 비빔밥이다. 먹고 나면 진정한 포만감이 차오르면서 마음까지 든든해진다. 맛있는 건 그렇게 좋아하면서 요리 솜씨는 어설픈 나 자신을 위해서 가장 손쉽게, 그러나 정성껏 차려줄 수 있는 최고의 음식.

처음엔 양가 어머니들이 챙겨준 나물 반찬에 달걀프라이를 얹어 먹으면서 내 비빔밥의 역사가 시작되었다. 그다지 좋아하지 않는 나물도 비빔밥으로 만들어 먹으면 모든 재료가 고추장과 절묘하게 어우러졌다. 그땐 심지어 매콤한 고추장 맛에 푹 빠져 먹었던 것도 같고. 이렇게 준비하기 쉬우면서 이토록 맛있는 음식이 있을까.

같은 나물도 시어머니와 엄마의 나물 맛은 참으로 달랐다. 엄마는 나물을 데쳐서 물기를 꼭 짠 뒤 소금 간과 참기름으로 마무리해 깔끔하게 무쳤다. 그와 달리 시어머니는 주로 육수에 나물을 볶고 직접 담근 국간장으로 간을 해서 국물이 넉넉하고 깊은 맛이 났다.

육수가 넉넉한 시어머니의 나물로 생전 처음 먹어 보는 비빔밥을 맛보게 되었는데, 바로 고추장이나 다른 양념을 얹지 않고 나물들과 육수만으로 비벼 먹는 하얀 비빔밥이었다. 처음엔 너무 어색하고 심지어 이상해 보여서 맛을 음미할 겨를이 없었다. 한데 세월이 흐르고 흘러 하얀 비빔밥에 적응하다 보니 그 담백한 감칠맛에 반하고 말았다. 신기하게도 시어머니가 만든 나물을 그대로 가져다가 집에서 똑같이 해봐도 시어머니 댁에서 먹을 때의 그 맛은 나지 않는다. 그러니 이 하얀 비빔밥은 시어머니를 보러 갔을 때에만 그 참맛을 즐길 수 있는 나의 별식.

아마 이와 비슷한 것이 안동 유생들이 제사를 지내지도 않으면서 제사 음식처럼 상을 차리게 한 데서 유래했다는 헛제삿밥일 것이다. 안동에 여행을 갔다가 하도 유명해서 먹어봤는데, 정말 제사에 올리는 탕국과 각종 전, 돔배기• 고기까지 나오고, 쌀밥에 여러 가지 나물을 올려 간장으로 비벼 먹는 것이었다. 하지만

• 돔발상어의 경북 방언

그 유명한 헛제삿밥과 비교도 안 되게 맛있는 것이 명절날 차례 지내고 먹는 하얀 비빔밥이다. 안 먹어본 사람은 절대 모를 그 맛.

어머니들의 나물을 얻어 먹는 것만으론 내 비빔밥을 향한 열정을 다 채울 수 없었다. 그래서 찾은 곳이 다소곳한 아주머니가 운영하는 작은 반찬 가게였다. 그곳에는 비빔밥용 나물 세트가 있었다. 콩나물, 애호박, 시금치, 도라지, 버섯, 취나물 따위의 나물들을 심심하게 무쳐서 그때그때 조합한 것인데, 그걸 사다가 고추장에 쓱쓱 비벼 먹는 재미가 쏠쏠했다.

누군가의 손을 빌려 비빔밥을 먹다 보니, 이제 내 입맛에 꼭 맞는 나만의 비빔밥을 만들고 싶었다. 그러려면 무엇보다도 만들기가 간편해야 했다. 그래서 생각한 방법은 재료마다 따로따로 볶거나 무치는 것이 아니라 올리고픈 재료들을 한꺼번에 조리하는 것. 재래시장에서 보이는 제철 채소를 사다가 적당한 크기로 썰어 기름을 부어 달군 팬에 모두 볶는 것이다. 콩나물이나 숙주나물 같은 것도 과감히 함께 볶았다. 이렇게 하니 냉장고에 있는 재료들로 언제든지 만들어 먹을 수 있어 좋았다.

조금 더 담백한 맛을 살릴 방법은 없을까 고민하다가 새롭게 떠올린 방법은 채소를 찜기에 찌는 것. 찌는 시간을 조절하면서 적절한 익힘의 정도를 찾으니 만들기가 무척 수월했다. 찜기에 채소를 찔 때는 마늘을 썰어 함께 넣거나 말린 월계수 잎이나 바질 가루를 뿌리기도 하고, 마지막에 쫑쫑 썬 파를 넣고 찌곤 했다. 그러면 찜기에서 익힌 채소들을 꺼낼 때 냄새부터가 아주 먹음직스러워 군침이 자동 발사되었다.

요즘 가장 애용하는 방법은 스테인리스 팬에 기름 없이 굽는 것이다. 엄마가 오랫동안 사용하던 휘슬러 프라이팬과 냄비를 얼마 전에 물려받게 되었다. 그중에 아주 커다란 전골 팬이 있는데, 여기에 넣고 싶은 채소들을 몽땅 넣고 전골 팬 뚜껑을 닫은 상태로 약한 불로 굽는다. 그러면 겉은 노릇노릇 구워지면서 채소의 물이 촉촉하게 스며 나와서 기름 없이도 채소를 맛있게 익힐 수 있다. 이렇게 구우면 스테인리스 팬 바닥의 격자무늬가 채소에 새겨져서 귀엽기까지 하다.

잘 구운 채소에 여름엔 아삭한 열무김치나 오독오독한 오이 무침, 그도 아니면 막 무친 수박 나물을 얹으면 완벽한 여름 비빔밥이 된다. 또한 가을이나 겨울엔 동치미 무를 잘게 썰거나 시원하게 무친 무생채를 넣어 비벼 먹으면 아삭아삭 씹는 맛은 물론이고 소리까지 맛있는 비빔밥이 되는 것이다. 비빔밥에서 빠지면 서운한 달걀 프라이. 반숙으로 굽되 바닥은 기름에 바삭바삭하게 구워야 비빔밥에 넣고 비볐을 때 씹는 식감이 살아난다. 달걀이 없을 땐 두부도 좋다. 두부를 기름에 노릇노릇 구워 얹어 먹어도 좋고, 기름을 두르지 않은 마른 팬에 부수어 가며 볶아 비빔밥과 비벼 먹어도 좋다. 수분이 날아가 동글동글 뭉친 두부의 식감도 재미있다.

원하는 재료는 뭐든지, 원하는 만큼 넉넉히. 이게 내 비빔밥 최고의 미덕이다. 비비다 보면 덜 비벼진 밥알이 마구 튀어나올 정도로 커다란 대접에 꽉 찬 비빔밥. 기름하게 썬 애호박 조각 하나라도 떨어지면 아까워서 다시 그릇에 올리고서 정성껏 비빈다. 그래야 진짜 맛있는 비빔밥의 완성이니까.

당장 메뉴가 떠오르지 않을 때, 냉장고에 반찬이라고는 하나도 없을 때, 그렇지만 허기져서 눈에 뵈는 것이 없을 때, 그럴 때면 나는 주저 없이 냉장고에 들어있는 채소는 뭐든 꺼내고 본다. 비빔밥에는 어떤 채소라도 좋으니까. 서로 잘 어우러지는 것이 바로 비빔밥의 매력이니까.

갑자기 몰아닥친 허기에 배가 쑥 꺼진 날이면 조상님들의 식습관을 본받아 커다란 그릇 가득 비빔밥을 쓱쓱 비벼본다. 다 먹고 나면 어느새 기운이 나는 한 그릇. 대식하는 미식가에게는 역시 비빔밥만 한 게 없다.

한 그릇 든든한 비빔밥

1. 애호박, 양파, 버섯, 마늘 등 좋아하는 채소를 먹기 좋게 썰어 팬에 올리고 기름 없이 약한 불에서 굽는다.
2. 채소즙이 나오고 고소한 냄새가 나면 뒤집어서 더 굽다가 노릇노릇해지면 꺼낸다.
3. 달걀 프라이는 달군 팬에 식용유를 붓고 바삭하게 반숙으로 굽는다.
4. 준비한 채소에 열무김치나 부추김치, 오이 무침이나 무생채를 추가하면 맛 보장!
5. 먹을 만큼 밥을 덜고 달걀 프라이까지 올린 후 모든 재료가 고추장과 하나 되게 비벼주면 영혼까지 든든해지는 비빔밥 완성.

비운 뒤에 채우고 싶은 시간

찐 감자와 꽈리고추찜

느긋하게 먹을 수 있는 것만으로도 특별한 식사를 하는 것 같아 좋은 휴일 아침!

휴일에는 평일과 다르게 내가 정말 좋아하는 빵과 떡, 거기에 샐러드와 과일, 견과류를 차리고 커피나 홍차를 곁들여 천천히 아침 식사를 즐긴다. 치아바타나 바게트, 커다란 캄파뉴를 잘라서 따뜻하게 구워 치즈나 버터를 올려 먹으면 마치 유럽 명화에 나오는 소박하고 아름다운 식탁의 주인이라도 된 것 같다. 이런 근사한 착각 때문에 나는 평일보다 휴일에 더 일찍 일어나곤 한다. 그런 나답지 않게 늦잠을 잔 아침이 있었다.

일어나 보니 오전 9시가 넘었다. 귀한 휴일 아침을 잠으로 날린 것 같아서 속상했지만 서둘러 밥을 먹었다. 그래야 남은 시간이라도 좋아하는 일들로 빼곡히 채울 수 있을 테니까. 그날은 꽈리고추찜을 만드는 일도 중요한 일정에 포함되어 있었다. 꽈리고추찜이 먹고 싶어 이틀 전 재래시장에서 싱싱한 꽈리고추를 한 근 사왔는데 바로 만들지 못하고 있었고, 그사이 싱싱한 꽈리고추가 시들해진 것 같아 내내 신경이 쓰였기 때문이다.

꽈리고추찜을 만드는 건 어렵지 않다. 초록색 꽈리고추의 꼭지를 하나하나 따내고 잘 씻어준다. 물기를 털어낸 꽈리고추를 넓적한 볼에 담고 밀가루를 살살 뿌려가며 밀가루 옷을 골고루 입힌다. 하얀 옷을 입은 고추를 찜기에 올려 8분 정도 찌면 매콤한 향과 함께 풋풋한 고추의 익은 내가 솔솔 피어오른다. 마지막으로 잘 쪄낸 꽈리고추에 양념을 해주면 된다. 다진 마늘에 간장 약간, 고춧가루는 아주 조금만. 잘 익어 투명해진 밀가루 옷을 입은 고추에 양념을 조물조물 버무리기만 하면 상큼한 꽈리고추찜 완성이다.

이제 가장 중요한 일정인 산책을 나갈 시간.

휴일의 늦은 오전 숲에는 사람이 별로 없었다. 스트레칭을 한 후 조금 더 속도를 내어 산의 오르막길에 들어섰다. 그런데 몇 걸음 못 가서 배에서 꼬르륵 소리가 나더니 배가 슬쩍 아파왔다. 순간 걸음을 멈추었는데, 금세 아무렇지도 않게 말짱해졌다.

다시 힘껏 산길을 오르기 시작했다. 5분이나 지났을까, 배가 또 꾸룩꾸룩거리더니 아랫배가 아파왔다. 아무래도 심상치 않은 기분이 들어 도로 내려가려다, 가스를 소리 없이 몇 번 배출하고 나니 한결 상쾌한 기분이 드는 것이다. '에이, 뭐야? 가스가 찼었나?' 집으로 돌아가기에는 너무나도 아쉬웠기에 발걸음을 돌리는데, 집에서 나오기 직전에 먹은 단팥빵이 떠올랐다. 배가 고파지면 느긋하게 산책을 못 하게 될까 봐 먹은 유통 기한이 하루 지난 단팥빵. 하지만 그냥 무시하고 말았다.

정상으로 가는 길의 3분의 1쯤 오르는데, 다시 배에서 아까보다 한결 커진 요동이 느껴졌다. 이제는 정말 피할 수 없는 복통이라는 틀림없는 신호가 밀려들었다. 나는 그대로 뒤를 돌아 최대한 민첩하지만 조심스러운 자세로, 몸에 더 이상의 충격이나 자극이 가해질 만한 행동은 자제하면서 되돌아가기 시작했다. 배에서 들려오는 꾸르륵꾸르륵, 꼬륵꼬륵 요란한 소리들의 빈도는 더욱 잦아지고, 주기적으로 반복되며 시간 차를 좁혀온다는 산모의 진통처럼 배의 통증은 점차 강도가 거세지고 있었다. 평소 같으면 산 정상에서 내려오는 그 길이 너무 짧게 느껴져서 부러 대각선으로 걷거나 오르막길을 두어 번 더 올랐다가 내려오곤 했는데, 오늘따라 얼마 못 가 되돌아가는 길이 너무나 길고 멀었다.

점차 식은땀이 나고 온몸에 오스스 오한이 느껴지며 떨렸다. 내가 지금 무슨 사고라도 칠까 봐 겁나서 떨리는 건지, 몸이 안 좋아 떨리는 건지 분간할 수 없었다. 도대체 나는 왜 첫 신호를, 아니 그다음 신호까지도 무시하고 무모하게 산에 계속 오른 걸까. 마음 같아서는 나무들 사이 깊은 풀섶을 헤치고 뛰어들어 은밀히 일을 해결하고도 싶었다. 사실 나는 그 은밀하고도 위대한 일에 대한 경험도 있지 않은가.

하지만 상황이 영 달랐다. 그때는 인적이 몹시 드문 산중 깊은 골짜기였고, 그 속에서 망을 봐줄 주나 씨가 있었다. 하지만 지금은 이 동네 주민들이 무시로 드나드는 작은 산인 데다가 망을 봐줄 사람도 없고, 그때처럼 용감할 자신은 더 없고. 그렇다면 최대한 초능력을 발휘해서 집으로 돌아가는 수밖에.

내가 사는 아파트, 내가 살고 있는 동을 향했다. 그 순간처럼 불필요한 움직임은 최소화하고 발놀림의 효율성은 극대화하면서 걸었던 적은 없었을 것이다. 햇살이 꽤나 강하고 바람도 불지 않는 6월의 늦은 오전인데도 몸에는 온통 소름이 돋았다.

"지금 잘하고 있어. 이제 산 초입이야, 집이 멀지 않았다고. 그래, 조금만 참아. 그렇지. 그렇지. 오, 이제 아파트 입구야. 거의 다 온 거라구. 옳지, 좋아. 참자, 참아야 해, 참을 수 있어. 그래, 잘하고 있어. 넌 할 수 있어, 할 수 있다고……. 흑흑."

최대한 복부를 움직이지 않으며 발걸음을 재촉했다. 그리고 용기와 안정을 줄 만한 말들을 쉬지 않고 내게 건넸다. 동시에 왜 하필 나는 우리 아파트에서도 가장 높은 지대 맨 끝에 살고 있는가, 그런 생각을 했다. 드디어 우리 동 현관을 들어서 마침 1층에 있는 엘리베

이터 버튼을 반갑게 누르고 4층과 닫힘 버튼을 동시에 누르는 신공을 발휘했다. 그리고 곧 집에 날렵하게 들어섬과 동시에 화장실로 직행했다. 그 안에서의 사정은 자세히 쓰지 않는 게 더 낫겠지만, 그래도 대략 설명을 하자면 땀을 세 바가지쯤 쏟은 것 같다.

어쨌든 무사히 샤워까지 마치고 식탁 앞에 털썩 주저앉았다.

어느덧 점심시간이었다. 텅 빈 속을 의식하고 있자니 아무런 간도 안 한 뜨겁고 담백한 감자가 먹고 싶어졌다. 오전에 꽈리고추를 찐 찜기에 물을 조금 더 붓고 감자를 잘 씻어 찌기 시작했다. 감자가 익기를 기다리며 꿀차를 마시고 있으니 도대체 조금 전 내게 무슨 일이 있었나 싶어지면서 모든 것이 아득하기만 했다.

찜기에서 잘 익은 감자를 꺼내는데 은은하게 꽈리고추 향이 퍼져 나왔다. 어쩐지 감자에서 꽈리고추 맛이 날 것 같아 설렜다. 막상 먹어 보니 감자에서는 그저 순하고 담백한 감자 맛이 났다. 그렇다면 꽈리고추찜과 함께 먹어주자 싶어서 포슬포슬 뜨거운 감자에 잘 쪄서 양념한 꽈리고추 하나를 올려 먹었다. 상쾌한 맛이 났다. 산에 오르느라 땀을 잔뜩 흘린 후 정상에서 맡는 아침 숲속의 공기를 닮은 맛. 유럽 명화에 나오는 소박하면서도 아름다운 식탁은 아닐지 몰라도 깨끗하게 비운 내 속을 채우기에는 더없이 잘 어울리는 맛이었다.

깨끗해진 속을 채우기 좋은 찐 감자와 꽈리고추찜

1. 잘 씻은 꽈리고추의 꼭지를 딴 후 커다란 밀폐 용기에 담고, 밀가루 3숟가락 정도를 넣은 후 뚜껑을 닫아 쉐킷쉐킷 밀폐 용기를 흔들어 준다.
2. 밀가루 옷을 입은 꽈리고추를 담은 찜기를 불에 올린 후 약 8분간 찐다.
3. 매콤하고도 풋풋한 꽈리고추의 향기가 솔솔 피어오르면 꽈리고추를 꺼내고 다진 마늘, 간장, 고춧가루 약간, 매실청도 조금 첨가해서 조물조물 버무린다.
4. 꽈리고추의 은은한 향기가 남아있는 찜기에 물을 첨가한다.
5. 잘 씻어서 살짝 칼집을 내준 감자를 찜기에 담아 올려 쪄준다. 이때 감자 위로 굵은 소금을 서너 알씩 뿌려주어도 좋다.
6. 물이 팔팔 끓으면 중불로 불을 줄이고 30분 정도 더 가열한다.
7. 젓가락으로 찔러서 감자가 익었는지 확인한 후 꺼낸다.
8. 담백하고 순한 감자에 꽈리고추찜을 곁들이면 마음속까지 풋풋함으로 채워지는 여름날의 점심 식탁 완성.

III

한 그릇 더 대접합니다

완벽한 하루

시판 냉면도 더 맛있게

이제까지 살아오면서 삶의 크고 작은 결정들을 하는 동안 온전한 확신이라는 걸 가져본 적이 없다.

나의 의사를 밝히고 의지대로 결정할 때마다 부모님을 걱정시켜 왔다. 중학교 때 오랫동안 배웠던 피아노를 그만두겠다고 말했을 때에도, 문예 창작과에 진학하게 되었을 때에도, 비교적 일찍 결혼을 결정하고 준비할 때에도, 부모님은 늘 염려와 걱정을 먼저 내비쳤다. 그것이 나를 사랑하는 마음에서 비롯된 노파심이었다는 것을 지금은 알지만, 그때마다 내 마음속에는 무언가를 결정하는 일이 결국은 주변 사람들을 걱정시키게 될 거라는 불안으로 자리 잡았던 것 같다.

어느새 나는 책임질 만한 일에는 선불리 나서거나 의사 표현을 적극적으로 하지 않는 사람이 되어버렸다. 결국 잘 안 될 텐데, 이걸 하는 게 무슨 소용이 있을까, 내가 지금 잘하고 있는 것인지 의심스럽기만 했다. 모든 일이 그렇듯 나 자신을 의심하기 시작하면 의심은 의심을 부르고, 결국 나를 믿는 것을 포기하게 된다.

그래서였을까. 내가 하는 일은 자주 틀어졌다. 뭘 해도 잘되지 않을 거라는 불길한 예감이 나를 놔주지 않았다. 자꾸 해결해야 할 문제가 터졌다. 그러다 보니 내 주변 사람들, 사랑하는 가족들에게 생기는 불행마저도 전부 내 탓 같았다. 왜 내게는 이런 일만 생길까 골몰하다가 마침내는 내 인생의 문제들에 대해 나는 뒷짐을 진 채로 누군가가 내 할 일을 정해주었으면, 누군가가 정답을 알려주었으면 하고 바란다. 하지만 그럴 수 없다는 걸 뻔히 알기에 그다음 단계로 나간다. 아예 '생각하지 않기'로. 당장 내 앞에 닥친 문제만을 풀며 살아가는 것이다. 누군가가 나서서 내 몫을 대신해 주기만을 기다리면서.

결혼을 하고 나서는 의심과 불안에 대한 부담감에

서 어느 정도 벗어나는 것도 같았다. 진중한 주나 씨가 내 몫까지 감당해 줄 거라는 잘못된 믿음을 가지고 있었다. 중요한 결정들 앞에서 망설이는 나 대신 가장 현명한 결정을 내려줄 믿을 만한 사람. 내겐 주나 씨가 그런 사람이었다. 하지만 살아가는 일이 어디 그리 간단한가. 내 삶은 결국 내가 책임질 수밖에 없다는 것을 모를 수가 없는데 말이다. 나는 그 모든 것이 버거워 끙끙댔다. 아주 작은 문제만 생겨도 잠을 설치고, 한겨울에도 식은땀을 흘렸다. 심리적인 스트레스가 극심한 날이면 자다가도 일어나 옷을 갈아입어야 할 정도로 온몸이 축축하게 젖곤 했다.

매일 아침 일어나 식사를 하고, 주나 씨 출근 후에는 간단히 집안일을 한 뒤 점심을 먹고 출근해서 서너 팀씩 수업을 한다. 녹초가 되어 집에 돌아오면 늦은 저녁을 먹거나 간식을 먹고 나서 밤늦게까지 텔레비전 채널을 돌리며 소파에서 뭉그적거리다가 새벽에야 잠자리에 드는 생활. 피곤하고 힘들다고 내 뜻대로 수업을 쉴 형편도 안 되고, 수업을 줄이는 건 수입에 타격을 주니 엄두를 낼 수도 없고. 일주일 단위로 꽉 짜여진 스케줄에 따라 그저 주어진 일상의 틀 안에 갇혀 지내고 있던 그때.

당시 여러 사정 때문에 이사한 동네에 자그마한 산이 있었다. 아파트에서 사는 건 매한가지였지만, 지척에 산을 두고 산다는 것은 퍽 다른 일이었다. 더 이상 스스로 할 수 있는 일이 없어 산에 올랐는데, 두 발을 내딛고 몸을 움직이다 보면 내가 정말 산 정상에 도착해 있었다.

오르막길을 오를 때에는 숨이 끊어질 듯 가빠오다가도, 내리막을 내달릴 때에는 바람까지 시원하게 나를 따라 달렸다. 숨이 차면 마음에 드는 바위에 엉덩이를 붙이고 나뭇잎들 사이로 보이는 하늘을 올려다보고, 날씨 따라 결이 바뀌는 바람을 느끼고 구름 모양을 구분했다. 계절에 따라 부풀거나 앙상해지는 그림자를 느끼고, 햇살 따라 초록의 농도가 변화하는 나뭇잎을 마주하는 일들 모두가 좋았다.

숲에서 깨달음을 얻은 건 아니었지만 숲에 가면 사는 게 조금은 좋아졌고, 죽음이 덜 두려워졌다는 어느 시인처럼 숲속을 오랫동안 걸으니 정말로 사는 게 조금 좋아지고, 두려움이 옅어졌다. 그 기분을 기운 삼아 하루를 보냈다.

온전히 책임지지는 못해도 내 방식을 찾아가 보는 것. 숲으로의 산책이 그랬다. 처음엔 정상에 오르는 데에만 집중하느라 주변을 살피기보다는 몸의 감각에 집중했다. 정상까지 도달하는 데에 걸리는 시간을 체크하고 더 부지런히 몸을 움직이는 속도감을 즐기던 내가 언제부턴가 숲에서 보는 온갖 나무와 꽃들에 마음을 빼앗겼다.

그때 식물들의 이름을 참 많이 알게 되었다. 벌레들이 유난히 심하게 갉아 먹은 이파리를 뜯어다가 맛도 보고. 그 쌉쌀하고도 씹을수록 고소한 잎은 개암나무 잎이었다. 부러 비 오는 날을 기다려 산에 오르기도 했다. 물기 머금은 바람을 맞으며 오르다가 우산을 접고 나무와 함께 비를 맞던 날의 산책은 무척이나 상쾌했다. 그렇게 숲으로의 산책은 날마다 조금씩 조금씩 그 방식을 달리하며 여전히 진행 중이다.

한껏 게으름을 피우고 싶어서 알람을 끄고 늦잠을 잔 날, 아침을 먹자마자 점심 메뉴를 고민하고 있었다. 점심을 먹고 나서 산책을 할 참이니, 산에 오르기 전에 무엇을 먹는 것이 가장 적절할지 결정해야 했다. 휴일에 무엇을 먹느냐는 그 무엇보다도 중요한 주제이니까. 오늘 무얼 먹느냐에 따라 오늘의 산책이 달라지고 산책이 달라지면 내 하루가 바뀌는데, 하루가 바뀐다는 건 일주일에 영향을 미치며 곧 삶이 변화한다는 것이니 이보다 더 깊이 고려해야 할 문제가 있을까.

오전부터 후텁지근한 초여름 공기가 한낮의 열기를 예고하고 있었다. 그렇다면, 올여름 첫 냉면을 먹자! 제법 그럴듯한 결정이라는 생각에 혼자 흐뭇해하며 점심 준비에 들어갔다.

시판 냉면도 흡족하게 먹으려면 적절한 준비가 있어야 한다. 우선 찜기를 불에 올려 달걀을 찐다. 나는 달걀을 삶기보다 쪄서 먹는 것을 좋아한다. 그래야 달걀이 더 탱글탱글하니까. 찬물에서부터 달걀을 찜기에 올리고 물이 팔팔 끓으면 약한 불로 줄여 대략 13분 정도 후에 꺼내면 완숙이 되기 직전의 반숙, 말랑하고 촉촉한 오렌지빛 노른자를 맛 볼 수 있다(찜기에 들어가는 물양에 따라 시간 조절은 필수). 달걀은 반드시 두 개를 준비하는데, 그래야 배가 쉬이 꺼지는 사태를 예방할 수 있다.

그다음엔 냉면 위에 올릴 채소를 준비한다. 가장 좋아하는 건 오이와 방울토마토. 오이는 반달 모양으로 얇게 썬 뒤 소금에 절여 꼭 짜서 아작아작한 맛을 즐겨도 좋고, 가늘고 길게 채 썰어 그대로 올려 먹어도 맛있다. 오이의 시원한 향과 냉면 육수의 조화는 언제나 잘 어울리니까. 그리고 토마토가 있으면 더 좋다. 토마토의 붉은 빛이 오이와도 잘 어울리는 데다가 은은한 단맛이 냉면을 심심하지 않게 해주니 말이다. 토마토를 준비한 날엔 토마토 샐러드까지 곁들이는 것도 또 하나의 재미다. 소금, 후춧가루, 올리브 오일, 레몬즙으로 버무려 먹어도 좋고, 발사믹 식초를 뿌려도 좋고.

그러고는 면 삶기에 들어간다. 면을 너무 익히면 흐물흐물해져서 기운이 다 빠진 냉면이 될 수 있으므로 이때는 내 모든 집중력을 끌어모은다. 서로 딱딱하게 붙어있는 면을 엄지와 검지로 살살 풀어주다가 물이 팔팔 끓으면 투하. 면들이 익으면서 서로 들러붙지 않도록 젓가락으로 조심스레 저어준다. 50초 정도 끓으면 불을 끄고 스테인리스 채반 위에 찬물을 틀어놓은 채 면을 건져 여러 번 헹궈준다. 아주 탱탱한 면발을 즐기고 싶다면 냉장고에 넣어둔 차가운 물로 마지막 헹굼을 해주는 것을 추천한다.

너 이것만 먹고 괜찮겠어?

이쯤에서 나를 아는 사람들은 물을 것이다. 맛있는 것만큼 많이 먹는 것도 좋아하는 나니까. 게다가 시판 냉면을 먹어본 사람이라면 알 것이다. 냉면 1인분이 얼마나 양이 적고 얼마나 금세 배가 고파지는지를. 그러니 냉면을 먹을 때에는 곁들여 먹어야 할 것이 있어야 한다. 그날은 애호박전을 준비했다.

잘게 채 썬 애호박, 당근, 양파가 서로 떨어지지 않을 정도로만 밀가루 반죽을 묻혀 달군 팬에 지글지글 부치면, 냄새부터 3배로 달콤한 애호박전이 완성된다. 애호박, 당근, 양파는 익히면 저마다 다른 향의 단맛이 살아나서 냄새부터 맛있다. 애호박전을 살짝 찍어 먹을 초간장을 담고, 냉면 먹을 때 없으면 서운한 열무김치를 덜어놓고, 면을 그릇에 담고 육수를 적당히 부어준 뒤 오이와 방울토마토를 올리면, 끝! 마음껏 먹는 일만 남는 것!

커다란 문제들을 결정하고 선택하는 것은 여전히 자신이 없지만, 먹고 싶은 음식 앞에서만큼은 이렇게 내 방식을 시도해 본다. 어쩌면 이런 작은 시도가 나를 조금씩 성장시키는지도 모르겠다. 수동적이고 의존적으로 살아온 내가 한 끼를 먹더라도 먹고 싶은 것을 선택하고, 하고 싶은 방식으로 만들고, 드디어 완성했다는 만족감을 느끼면서 산다. 누군가에게는 너무 당연해서 이렇게 길게 설명할 일인가 싶은 이 과정들이 나에게는 전부 다 소중하다. 한 끼를 차리고 먹을 때마다 내 삶이 아주 조금은 든든해지고, 그 뱃심으로 다음 식탁을 차릴 기운을 얻는다.

냉면 육수 한 모금에 찐 달걀 한 입을 먹으면 목도 안 메고 술술 잘도 넘어간다. 달달한 애호박전을 양념장에 찍어 먹으면 단짠이 절로 완성되는 맛. 호로록 호로록 냉면은 젓가락질 대여섯 번만에 사라지고 토마토 샐러드로 상큼하게 입가심까지 하고 나면, 햇볕 쨍쨍한 초여름의 산책을 나서기에 더할 나위 없이 좋은 날이 된다.

내 방식대로 먹는 시판 냉면

1. 찜기에 달걀부터 쪄서 찬물에 식힌다.
2. 오이는 채 썰고, 방울토마토는 반으로 자르고, 애호박, 당근, 양파는 가늘게 채 썬다.
3. 밀가루에 소금을 조금 넣고 만든 반죽에 채 썰어둔 애호박, 당근, 양파를 넣어 섞어준다.
4. 달군 팬에 식용유를 넉넉히 붓고 반죽을 펼쳐 굽다가 달콤한 냄새가 피어오르면 뒤집어서 노릇노릇, 바삭바삭 굽는다.
5. 냄비에 물이 끓으면 면을 넣고 젓가락으로 휘휘 저으며 50초를 넘지 않게 끓였다가 건져서 찬물에 바락바락 헹군다.
6. 면기에 차갑게 식혀둔 냉면 육수를 담고 면도 옮겨 담은 후 썰어둔 오이와 방울토마토, 반으로 자른 달걀도 함께 올린다.
7. 뜨거운 전과 시원한 냉면의 조화 속에서 어느새 식탁엔 빈 그릇만 남아있다.

초록의 맛

라면이 먹고 싶을 때

"목적지에 도착하였습니다."

내비게이션은 우리를 숲에 데려다 놓았다. 경운기만 지나다녔을 법한 잡초가 무성한 흙길을 지나 얕은 개울물에 찰랑찰랑 잠겨있던 콘크리트 다리를 건너며 예상치 못한 길을 지나오느라 조금 당황한 우리는 나무와 풀만이 기세 좋게 자라나고 있는 숲 한가운데에 도착하고는 어리둥절했다.

차 창문을 열자 초여름의 바람이 산들거렸다. 나무 냄새, 그 내음 사이사이로 멀어졌다 가까워지는 꽃향기를 맡으며 오래도록 산책을 했다. 날마다 정돈된 산책로와 숲길을 걷다가 이렇게 무성한 숲 내음을 맡으며 걸으니 먼 길을 오느라 피곤했던 몸에 갑자기 기운이 솟는 것 같았다.

고령은 처음이었다. 청동기 시대의 흔적을 보여주는 고인돌부터 대가야의 중심지로 위세를 떨쳤음을 증명하는 고분군에 대한 이야기를 찾아 읽으면서도, 나로서는 가늠할 수 없는 세월이 아득하기만 해서 오히려 무덤덤했다. 고분이라면 차라리 어린 시절 뛰놀던 경주가 먼저 떠올랐다. 드높은 산을 정복한 산악인처럼 고분을 뛰어다니고, 고분에 기대어 김밥을 먹었던 내게 고령은 너무 작은 도시처럼 여겨졌다.

자태를 뽐내듯 도시 곳곳에서 눈길을 끌던 경주의 커다란 고분과는 달리 고령은 보물을 품은 듯 숲속에 고분을 숨겨두고 있었다. 땀을 흘리며 가벼운 산행을 시작하자 고분이 하나씩 나타났다. 비탈진 산등성이를 따라서 완만한 곡선을 지닌 아담한 고분들이 옹기종기 모여있었다. 그 길을 따라서 오르는 동안 나는 어느새 도시에서 완전히 벗어나 있었다. 멀리 내다보이는 산의 능선들과 고분 하나하나가 만드는 동근 곡선들이 마치 하나의 산줄기처럼 물결쳤다.

그때 밤꽃 향기와 함께 야생이라고 밖에는 표현하지 못할 강렬한 초록색 내음을 지닌 바람이 머리칼을 흩날렸다. 이것은 대가야에서부터 불어오는 바람일까. 칼 세이건은 대기 중의 공기 입자는 오랜 세월 변함이 없기 때문에 수천 년 전 살았던 사람들과 같은 공기로 호흡하는 거라고 했다. 그의 말을 기억했던 딸 사샤 세이건은 돌아가신 아버지가 그리울 때면 아버지의 숨을 맡고 싶어 깊은 호흡을 한다고 했다. 나 역시 그런 걸까. 나도 몰랐던 천오백여 년 전의 공기 입자가 섞인 부드러운 숨결이 나를 깨우는 듯했다. 고분 길을 돌아 다시 내려오는 동안 그칠 줄 모르고 불던 그 오랜 바람은 싱싱한 햇살에 흘러내리던 땀을 씻어주었다.

산길을 걸어 내려오는 가장 마지막 계단을 밟는 순간, 기다렸다는 듯이 쏟아져 내리던 소나기. 거대한 초록의 힘이 진동하며 살아 숨쉬고 있다는 것을 나는 느낄 수 있었다.

그래서였을까. 고령에서 먹었던 음식들 가운데 인상적이었던 것은 바로 푸성귀의 향이었다.

뚝배기에 끓여낸 강된장과 다양한 쌈 채소를 곁들

여 먹는 돼지고기 수육집에서 생생한 향이 살아있는 깻잎과 방앗잎을 맛보았다. 나는 고깃집에서도 일단 쌈채소 맛을 먼저 보는 걸 좋아하는데, 강된장만 올린 깻잎을 입에 넣자마자 풍성한 향이 퍼지면서 고기 생각을 잊게 했다. 내가 사랑하는 방앗잎은 어쩜 그리 싱싱하고 향긋하던지. 주나 씨가 말리지 않았다면 그 식당에 있는 모든 방앗잎을 내가 다 먹어치웠을지도 모른다.

숯불구이 집에서는 처음 보는 장아찌가 내 혀를 잡아끌었다. 깻잎보다 부드럽지만 그렇다고 미끄럽지도 않은 보들보들한 촉감, 질기지 않으면서도 촉촉하게 씹히는 식감이 입에 착착 달라붙었다. 식당 아주머니한테 물어보니 울릉도에서 공수해 온 부지깽이나물로 만든 장아찌라고 했다. 부지깽이라니, 내가 아는 부지깽이의 투박함과는 사뭇 다른 사려 깊은 향기에 사로잡혔다. 이렇게 맛있는 걸 먹을 때 나는 함께 식사하는 사람들에게 음식을 양보하거나 같이 먹자고 권하지 않는다. 나 먹기에도 너무나 바쁜 사람, 먹을 때만큼은 내 코가 석 자인 사람, 그게 바로 나니까. 그곳에서 나는 그만 한 마리 염소가 된 것 같았다.

아침 메뉴는 어느 누구도 싫어할 리 없는 여행지에서의 현명한 선택, 라면이었다. 사실 나에게 라면이란 절대 먹고 싶지 않은 음식이었다. 나를 제대로 돌보지 못했던 시절, 팔팔하게 젊은 사람으로는 흔치 않게 폐렴에 걸렸었다. 병원에서 일주일을 지내고 퇴원하던 그날부터 무슨 이유에선지 라면 냄새를 맡으면 어쩐지 기분이 나빠지고, 누군가 라면 먹는 모습을 보고는 마음이 동했다가도 라면을 다 먹고 났을 때를 상상하면 식욕이 싹 사라져 버렸다.

하지만 라면을 먹어야 하는 때도 있는 것이다. 나는 눈을 뜬 순간부터 배가 고픈, 그래서 뭐라도 먹어야만 하는 그런 사람이니까. 라면이 가득 담긴 커다란 냄비를 앞에 두고 잠시 망설이다가 한 젓가락 입에 넣는 순간, 후루룩 시원하게 넘어가는 라면의 맛! 폐렴을 앓은 이후 라면이 이렇게 맛있었던 적이 있었던가. 심지어 김치가 없어서 면만 건져 먹는데도 라면이 술술 넘어갔다. 이게 어쩐 일이람.

라면을 맛있게 먹고 있는 나 자신에게 놀라 고개를 들었을 때, 문득 숲에서 나를 감쌌던 초록 바람이 숙소의 남쪽 창문과 북쪽 창문 사이를 오가고 있었다. 고분과 숲에 둘러싸인 숙소는 마치 오랜 옛날로부터 불어오던 초록의 숨결 안에 감싸여 있는 듯했다.

초록 속에 있으면 입맛이 바뀌는 것일까. 나는 젓가락을 부지런히 휘저으며 냄비 바닥에 남은 면발까지 싹싹 다 건져 먹었다.

고령 여행을 마친 뒤 나는 다시 라면에는 식욕을 잃는 사람으로 되돌아와 버렸다. 가끔 너무 바빠서 라면이라도 끓여 먹고 상을 치웠으면 싶은 날 고령의 공기를 떠올린다. 곳곳에 깃든 초록의 기운이 모든 음식에 신선함을 불어넣어 주던, 그래서 무엇을 먹든 생명의 기운으로 채워주던 초록의 기운을.

그날 내가 맛본 모든 음식의 맛이 바로 초록의 맛이었다는 것을 깨달았다. 초록의 맛을 찾을 수 없는 도시에 돌아와서야 나는 그걸 알 수 있었다.

라면에 까다로운 당신을 위한 팁

1. 라면의 깔끔한 풍미를 높이기 위해 채소를 넉넉히 준비한다. 라면에 넣어서 맛있는 건 콩나물, 양파, 대파, 청양 고추.
2. 냄비에 물과 라면 수프를 넣고 물이 팔팔 끓으면 콩나물과 채 썬 양파, 면을 넣고 조금 더 끓인다.
3. 마지막으로 대파와 쫑쫑 썰어둔 청양 고추를 넣고 살짝 덜 익었나 싶을 때 불을 끄고 먹는다(면은 개인적 취향에 따라 조절하기).
4. 콩나물의 시원한 국물 맛, 대파와 양파의 향긋함, 청양 고추의 칼칼함이 조화를 이루어 비교적 깔끔한 맛을 즐길 수 있다.
5. 상쾌한 공기를 느끼며 야외에서 먹으면 가장 맛있겠지만, 계절 상관없이 온 집안의 창문을 활짝 열고 먹는 방법도 있다. 라면 맛은 공기 반 채소 반이니까.

사심 가득한 방문

소목의 책과 음식

소목은 책 덕분에 사귄 친구인데 이제는 음식까지 나누는 사이가 됐다.

어떤 만남에든 적극적이었던 때가 있었다. 좋은 관계가 만들어지면 관계를 이어가기 위해 최선을 다했다. 관계에 이름을 붙여주고서, 그 의미가 훼손되지 않도록 노력했다. 내 삶의 모든 틈들을 사람들로 채우고 싶었던지, 그렇게 나는 끈끈하고 길디긴 인연에 집착했다.

한참 나중에야 무수히 많은 관계들 하나하나가 생명체처럼 저마다의 생로병사를 지닌다는 걸 알았다.

소나무처럼 오랜 세월을 꿋꿋하게 가는 관계도 있지만, 어떤 관계는 깊은 한 시절을 보낸 뒤 자연스럽게 끝나기도 한다는 것을 말이다.

그즈음 소목을 알게 되었다. 소목은 내 친구의 친구였다. 친구를 통해 소목에 대한 이야기를 가끔 전해 들을 때 유독 내 귀에 꽂히는 것은 소목이 장르를 가리지 않고 방대한 독서를 한다는 점이었다. 음식은 편식 없이 골고루 잘 먹으면서 독서는 지독하게 편식을 하는 내게 소목은 호기심을 부르는 대상이었다.

민음사에서 격월간 문학잡지《릿터》가 창간되었다는 소식에 정기 구독을 망설이며 고민하고 있을 때였다. 소목은 이미《릿터》를 구독하고 있다는 친구의 말에 제대로 꽂혀서 엉겁결에 본심을 내뱉고 말았다.

"다 읽은 과월호 좀 빌려 읽을 수 있을까?"

두어 번 만난 것이 전부인 친구의 친구에게 이런 제안을 할 용기가 나다니. 너그러운 소목은 흔쾌히 과월호와 그달에 받은《릿터》까지 두 권을 친구 편에 보내주었다. 이것저것 다양한 신메뉴를 맛보듯《릿터》를 야금야금 읽는 재미가 쏠쏠했다.

그렇게 한두 달 천천히 읽고서 고마운 마음에 향이

좋은 원두와 함께 책을 반납했다. 그랬더니 소목은 커피가 무척 맛있었노라며 다시 그다음 호《릿터》를 친구를 통해 대여해 주고. 그러다 보니 나는 맛있는 커피를 찾으면 덩달아 소목 생각이 나서 선물하고. 소목은 그게 또 그렇게 고맙다며 내게 에코 백을 만들어 보내고, 재미있게 읽은 소설이라며 책을 선물해 주고. 그러면서도 우린 서로 친구가 되려는 태도 따위는 도통 취하지 않았다. 그저《릿터》과월호를 대여해 주는 소목과 성실히 빌려 읽는 내가 있었을 뿐.

그러는 사이에 나는 또 소목과 독서 모임을 하고 싶어졌다. 서로 적당히 어려운 사이이니 내가 꾀를 부리기가 쉽지 않을 테고, 소목은 내가 관심 없는 분야의 책도 두루두루 읽는다니 내가 배울 수 있는 것도 많을 터였다. 경계를 넘지 못하는 혼자만의 독서에 답답함을 느끼던 내게 소목은 그야말로 소금과 같은 존재였다. 무엇보다 서로 멀지 않은 동네에 살고 있어 만나기도 수월하니, 이보다 훌륭한 독서 모임 멤버가 있을까.

나의 제안을 소목은 또 한 번 흔쾌히 받아들였다. 그렇게 둘만의 독서 모임이 시작되었다. 독서 모임도 식후경이라고 맛집을 찾아다니며 점심을 먹고, 그다음에 카페에 자리를 잡고 커피를 마시며 책 이야기를 나누었다. 처음엔 조금 어색했지만, 책 이야기를 나누다 보면 대화는 꼬리에 꼬리를 물고 시간이 훌쩍 흘러있었다.

그러던 어느 날 코로나 바이러스로 인해 생각지 못한 팬데믹 상황이 벌어졌다. 밖에서는 마음 놓고 만나기 어려워진 그때, 소목이 나를 집으로 초대했다.

처음 소목의 집에 들어서던 순간은 군침 도는 구수한 냄새로 기억된다. 소목은 잘 익은 김장 김치에 돼지 목살을 넣어 김치찜을 끓이고 있었다. 잘 익은 배추김치와 국물 위로 솟아있는 살코기가 식욕을 자극했다. 여전히 조심스러운 사이였기에 대놓고 내 식욕을 표현하기는 어쩐지 부끄러워서 소목이 커다란 목살 덩어리를 적당한 크기로 잘라주기만을 얌전히 기다렸다. 그러고 나서는 솔직히 내가 그날 음식을 어떻게 먹었는지 정확히 기억나지 않는다. 김치는 입에서 살살 녹고, 고기는 냄새 하나 없이 부드러웠다. 고기 한 점을 김치에 돌돌 말아 입에 넣으면 그걸 언제 씹었는지 모르겠어서 그다음 젓가락질을 하기에도 바빴던 것 같다. 그렇게 맛있는 음식을 먹다 보니 나의 왕성한 식욕에 대한 부끄러움마저 사라져 버려서 밥 한 공기를 더 달라고 당당히 요구하고 있었다. 흰 쌀밥에 부드러운 김치를 얹어 한 입, 감칠맛 나는 국물을 흡입하고는 또 한 입……. 정신을 차려 보니 그 커다란 김치찜 냄비는 바닥을 드러내고 있었다.

그날부터 2주 혹은 3주에 한 번 이루어지는 독서 모임은 자연스럽게 소목의 집, 소목이 차려주는 밥상 위에서 이어졌다. 요리사 백종원 레시피에서 설탕을 왕창 빼고 만들었다는 촉촉 담백한 치킨 스테이크, 깻잎, 배춧잎, 소고기를 켜켜이 쌓고 그 위에 표고버섯과 팽이버섯 꽃을 피운 밀푀유나베, 미역과 무가 시원하게 어우러진 굴국밥, 고사리와 대파가 듬뿍 들어간 깊고 칼칼한 맛의 닭고기 육개장, 골뱅이와 채소를 넣어 깔끔하게 버무린 비빔국수, 시원한 동태탕에 오렌지색 새우와 짙푸른 파래의 보색 대비까지 아름다웠던 파래전까지. 소목의 솜씨는 외줄 위에서 능숙한 몸짓으로 공기를 가르며 기가 막히게 균형을 유지하는 바우덕이와 닮아있었다. 그의 음식들은 하나같이 약간 싱거운 듯 결코 짠 법이 없는데, 먹다 보면 그 적절한 맛이 그다음 젓가락질을 재촉하는 것이다. 간이 과하지 않으니 먹어도 먹어도 질리지 않고 뒷맛까지 깔끔해서 결국 과식을 부르고 마는 것이다. 나로 말할 것 같으면, 결단코 과식을 원치 않았다.

이제 와서 고백하는데, 호박, 당근, 감자, 양파를 큼직하게 썰어 넣고 묵은지까지 적당히 넣어 만들었던 묵은지 닭볶음탕을 먹던 날은 나의 식탐을 의식하면서도 그것을 어쩌지 못해 내가 식탐 그 자체가 되고 말았다. 닭 가슴살 한 점을 먹다가 밥에 고기를 내려놓고 반찬을 집어 먹은 뒤 나도 모르게 새로 닭 다리 한 점을 더 집어 먹다 정신을 차려 보면 내 몫의 고기가 아직 내 그릇 위에 버젓이 있더란 말이다. 너무 민망해서 그러지 말자 하다가도 내 몫의 고기를 앞에 두고 또 다른 고기를 챙겨 먹기를 여러 번. 양손에 서로 다른 맛이 나는 사탕을 하나씩 쥐고서 한꺼번에 맛보고 싶어 발을 동동거리는 어린애 같은 단순 솔직한 욕망이 여지없이 들통나 버린 것이었다.

그날은 소목과 나를 만나게 해준 우리 둘의 친구까지 함께 식사를 하던 날이었는데, 게걸스럽게 먹는 내 모습에 이미 내가 얼마나 잘 먹는 사람인지 알고 있던 그 친구조차 많이 놀란 모양이었다.

"너 진짜 잘 먹는다……."

그 이후로 소목은 나를 만나는 날이면 음식을 넉넉히, 3인분 정도는 준비하는 눈치였다. 나의 식탐까지 배려하는 소목 덕분에 영혼은 물론 몸까지 통통하게 살찌우며 독서 모임을 이어갈 수 있었다.

소목과 단 둘만의 독서 모임은 2년이 넘어가면서 마무리되었다. 새로운 배움을 줄 수 있는 또 다른 독서 모임에 각자 참여하게 되었기 때문이었다. '친구의 친구'에서 책의 맛을 음미하게 해준 '책 친구'로, 우리의 관계는 소목에게 거북이처럼 다가가는 나의 게으른 속도만큼이나 느릿느릿 달라지고 있었다.

소목과 나의 관계, 천천히 자라나는 이 생명체가 앞으로 어떻게 변해갈지는 모르겠다. 확실한 건 앞으로도 나는 소목의 삶을 존중하면서 아주 서서히 소목에게 다가가게 될 거라는 것 뿐. 소목이 벌써 뜨거운 여름을 대비해 팥조림을 만들어 놓았다는 소식 때문에, 가슴까지 시원해지는 소목표 팥빙수를 얻어 먹고 싶어서 그러는 건 절대, 절대 아니다.

영혼을 홀랑 빼앗는 묵은지 닭볶음탕 소목 레시피

1. 껍질을 벗긴 볶음탕용 닭 한 마리를 잘 씻은 후 끓는 물에 생강술(생강으로도 대체) 두어 숟가락과 함께 넣고 10분 정도 끓인다.
2. 고춧가루와 간장은 넉넉히, 고추장과 설탕은 적당히, 다진 마늘, 맛술까지 섞어 양념장을 만든다.
3. 감자, 당근, 호박, 양파, 대파는 큼직하게 썰어둔다.
4. 잘 익은 김치 1/4포기를 통으로 넣고, 양념장과 함께 감자와 당근을 먼저 넣은 뒤 20분 더 끓인다.
5. 썰어둔 호박과 양파를 넣고 5분 더 끓인다. 이때 간을 보며 부족한 양념 첨가.
6. 마지막으로 어슷썰기해 둔 대파를 넣고 숨이 죽으면 먹는 타이밍!
7. 물을 조금 넉넉하게 넣고 끓여서 라면이나 납작당면 사리를 넣어 먹으면 더 맛있다. 이때 술이 생각날 수 있으니 미리 술을 준비해 둔다.

※ 주의 사항: 묵은지 닭볶음탕을 먹다가 자신의 식탐을 만천하에 들킬 수 있음.

입맛이 닮았네요

엄마와 도토리묵

전화기 너머로 엄마의 기운 없는 목소리가 들려왔다.

오랜 치료에 지쳐서인지 요즘 통 입맛이 없다고 했다. 내가 도토리묵을 쑤어 묵사발을 만들어 먹을 거라고 했더니 엄마 목소리가 한 톤 높아졌다.

"어디에 맛있는 도토리 가루가 있어?"

엄마는 도토리 가루를 사서 묵을 쑤어보아도 예전에 먹던 그 맛이 나지 않는다고 했다. 나는 놀랐다. 이제껏 엄마도 도토리묵을 좋아하는지 몰랐기 때문이다. 나는 영락없이 아빠 입맛을 닮은 줄로만 알았는데 엄마 입맛을 닮은 데도 있어서 반가웠다. 엄마는 요즘 어릴 적 먹던 도토리묵이 자꾸 생각난다고 했다.

할머니는 가을이면 산으로 도토리를 채취하러 부지런히 다녔다고 했다. 주워온 도토리를 잘 말려 껍데기를 벗기고 가루를 내어 그 가루를 물에 가라앉히고는 며칠에 걸쳐 그 윗물을 하루 서너 번씩 갈아준다고. 그래야 떫은맛이 빠진다고 했다.

고생스럽고 수고로운 할머니의 손길은 거기서 멈추지 않았단다. 가장 큰 가마솥에다가 도토리 가루를 물에 개어 솔가지를 넣은 아궁이 위에서 계속 젓다가 되직해지면 가마솥만큼이나 커다란 '다라이'에 담아 대청마루에서 식혔다는 이야기.

아침에 일어나 밤새 잘 식은 도토리묵을 초고추장에 찍어 먹으면 어린 엄마 입에 그리도 맛있었단다. 초고추장이라니? 간장 아니냐고 물으니 엄마 고향인 경주에서는 묵을 초고추장에 찍어 먹었다고 했다.

일찍 남편을 여읜 할머니는 들로 밭으로 일하러 다니기 바빠서, 여덟 남매들이 출출하면 언제라도 알아서 먹을 수 있게 대청마루 위에 초고추장과 함께 도토리묵을 늘상 올려두었다고 했다. 엄마는 학교에 다녀오자마자, 혹은 밤에 이모들과 베개 싸움을 하고 나서도 도토리묵을 한 덩어리씩 먹곤 했다고.

엄마 이야기를 가만히 듣고 있으니 엄마가 그리워하는 건 도토리묵이라기보다 할머니 품인 것 같았다. 엄마는 이제야 할머니 마음을 알 것 같다고 했다. 그러고는 너무 늦게 알아서 속상하다고 했다. 사람은 죽으면 먼저 하늘 나라에 간 가족들을 다시 만난다던데, 그때 할머니를 만나면 미안해서 어떻게 할머니의 얼굴을 보느냐고 했다. 나는 엄마를 안아주고 싶어졌다.

"할머니는 어릴 적 엄마한테 해주신 것처럼 웃으며 엄마를 꼭 안아주실 것 같아."

엄마의 아이 같은 목소리 때문이었는지, 이제는 볼 수 없는 할머니 생각 때문이었는지, 잠이 오지 않아 한밤에 부엌으로 갔다. 가마솥 대신에 집에서 가장 큰 냄비를 꺼냈다. 아주 넉넉하게 묵을 쑤려고. 생각이 복잡해 잠이 오지 않는 밤은 넋을 놓고서 묵 쑤기에 좋으니까.

도토리 가루 두 컵에 물 열두 잔을 붓고 센 불에 올려 주걱으로 젓기 시작했다. 이게 과연 묵이 될까 싶도록 누렇게 묽기만 한 액체를 하염없이 젓는 시간. 그렇게 한참을 불 앞에서 기다리고 있으면 별안간 냄비 속 액체가 끈적하게 엉기기 시작한다. 이때 현미유와 소금을 조금씩 넣고 불을 약하게 줄인다. 그러고는 다시 7, 8분 정도 더 저어주는데, 이때가 묵 쑤기에서 가장 중요한 순간이자 고비랄까. 도토리묵의 예쁜 갈색이 올라올 때까지 부지런히 저어주어야 맛있는 도토리묵이 되는데, 꾸덕꾸덕하게 점성이 생긴 것을 젓는 일이 생각보다 쉽지 않기 때문이다. 게다가 나는 평소보다 묵 욕심을 더 부리지 않았는가 말이다.

팔에 온 힘을 주어 묵을 쑤다 보니 갑자기 궁금해지는 것이었다. 여덟 남매에게 도토리묵을 배불리 먹이려면 할머니는 도대체 산에서 얼마만큼의 도토리를 주워와야 했던 걸까. 또 그 커다란 가마솥 앞에서 얼마나 오래도록 주걱을 저으며 서있어야 온 식구가 도토리묵을 골고루 먹을 수 있는 걸까.

나는 어쩌면 할머니의 사랑으로 만든 도토리묵을 먹고 자란 엄마의 피와 살로 빚어져 이토록 도토리묵을 좋아하는 것인지도 모른다. 그렇다면 이것은 할머니로부터 시작되어 엄마를 거쳐 나에게까지 대물림된 입맛. 엄마가 할머니를 그리워하며 도토리묵을 떠올리듯, 언젠가는 나도 엄마와 함께 할머니를 추억한 어떤 날을 떠올리며 도토리묵을 먹게 될지도 모를 일. 나도 엄마처럼 한참 더 나이를 먹고 나서야 엄마 마음을 헤아리게 될까. 뒤늦게 가슴 치며 눈물을 흘리게 될까.

발이 시리게 서늘해진 날씨 덕분에 베란다에 식혀 둔 묵은 탱글탱글했다. 이런 날은 따뜻한 멸치 육수로 만든 묵사발 먹기 좋은 날. 싱거운 듯 소금 간만 조금 한 국물에 도토리묵을 썰어 담고, 달걀 고명과 구운 김, 양념한 묵은 김치를 함께 올렸다. 작년 겨울 엄마가 만들어 준 김장 김치를 잘게 썰어 매실청과 고춧가루, 참기름을 넣어 버무렸더니 도토리묵과 썩 잘 어울렸다. 뇌출혈로 쓰러질 거라고 생각지도 못했던 초겨울에 엄마가 담가 보내준 김장 김치. 어쩌면 이 김치가 엄마가 만들어준 마지막 김치가 될 지도 모른다고 생각하니 하루하루 줄어드는 김치가 아까웠다.

양념한 김치 덕분에 심심했던 국물에 감칠맛이 더해져 삼삼해졌다. 여기에 고소한 참깨로 마무리. 부드러움과 쫀득함이 어우러진 도토리묵을 씹으니 은은한 도토리 향이 입 안에 가득하다. 엄마가 어릴 때 먹던 묵도 이런 맛이 났을까. 대청마루의 바람을 맞아 더 구수했을까.

엄마가 전화를 했다. 내가 보낸 도토리 가루로 묵을 쑤어서 아주 잘 먹었노라고. 탱글탱글한 게 어쩜 그렇게 맛있던지 초고추장에 묵을 찍어서 아침, 점심 두 끼를 뚝딱 먹었노라고. 엄마는 할머니가 만들어 주었던 도토리묵처럼 맛있었다고 했다. 내 입맛에 맞는 도토리묵이 엄마 입에도 맛있다는 게, 엄마가 어릴 적 먹던 그 맛이라는 게 신기해서 몇 번이나 정말이냐고 되물었다. 한결 씩씩해진 엄마 목소리를 들으니 하늘에서 걱정스레 엄마를 지켜보던 할머니가 엄마를 위해 부린 마법 같기도, 딸의 걱정을 알아챈 엄마 마음의 맛있는 착각 같기도 했다.

나도 엄마처럼 도토리묵에 초고추장을 곁들여 먹고 싶어졌다. 입 안을 채우는 구수한 향을 맛보다 보면 엄마에게 도토리묵을 만들어 준 할머니 손맛이 배어날지도 모른다는 생각에 어쩐지 마음이 부풀어 오르고 있었다.

(《바닥》 2021 가을호)

발이 시려오는 가을날 묵사발 한 그릇

1. 깊은 밤 커다란 냄비를 꺼내 도토리묵을 쑤어 그릇에 담은 뒤 서늘한 베란다에서 밤사이 식혀 둔다.
2. 멸치, 다시마, 무를 넣고 육수를 끓여 소금 간을 한다.
3. 묵은 김치에 매실청과 고춧가루 약간, 참기름을 넣고 버무려 양념 김치를 만든다.
4. 달걀지단을 얇게 부쳐 가늘게 썰고, 쪽파는 쫑쫑, 김 가루도 준비해 둔다.
5. 탱글탱글한 묵을 먹기 좋은 두께로 썰어서 그릇에 담고 잘 끓인 육수를 붓는다.
6. 준비해 둔 양념 김치, 달걀지단, 김 가루, 쪽파를 올리고 마지막으로 참깨까지 솔솔 뿌리면 완성.
7. 어느덧 국물만 남으면 밥 한 공기를 말아 먹는다. 언제 다 먹었나 싶게 술술 넘어가는 천고마비의 가을날.

시와 비굴 레시피

똠얌꿍과 함께

시를 좋아한다.

생활에 쫓겨 책 한 권 읽기 어려운 날이라도 시 한 편이라면 읽어볼 만하다. 대체로 시는 그 어떤 글보다도 짧으니까. 마음에 드는 시를 발견하면 표시해 두고 여러 번 읽는다. 그러고도 자꾸 읽고 싶어질 정도로 좋으면 연필을 들고 공책에 옮겨 적는다. 그 시를 손으로 한 자 한 자 베껴 적는다는 것은 시를 눈으로 읽는 것과는 전혀 다른 차원으로 시를 만나는 일이다. 시에 담아 둔 시인의 마음을 내 두 손을 모아 담아내는 행위라고나 할까.

간혹 시에 푹 빠져서 소리 내어 낭독하는 날도 있지만, 금세 멈칫하고 만다. 필사로 한껏 가까워진 시와 나 사이에 불청객 같은 내 목소리가 끼어든다. 내 목소리가 시와 나 사이를 방해하는 것이다. 암송을 해야 시의 진정한 맛을 아는 거라고 말해준 선배도 있었지만, 시의 모든 것을 다 맛볼 수는 없나 보다고 생각했다.

그런 내게 시를 낭독하는 소리의 맛, 시가 노래하는 것을 감상하는 아름다움을 알려준 것이 EBS 라디오 〈김새벽 황인찬의 시로 만난 세계〉였다. 김새벽 배우의 다정한 시 낭독, 중저음으로 시의 깊은 곳까지 가닿는 황인찬 시인의 목소리는 내가 중얼거리는 것과는 또 다른 시의 세계를 열어주었다. 나의 눈과 손, 입술이 아니라 귀로만 온전히 만나는 시. 두 귀를 통해 내가 존재하는 시간과 공간을 온통 시 속 이미지들로 가득 채우는 순간. 나는 그들이 낭독해 주는 시의 문을 열고 들어가 온몸으로 시를 체험하게 되었다. 오랫동안 시를 내 방식대로만 좋아하던 내게 그것은 참으로 놀라운 세계였다.

그날 아침에도 김새벽 배우와 황인찬 시인의 낭독을 듣고 있었다.

문득 도마 위에서 음식 재료를 써는 효과음에 이어 들려온 시는 황인찬 시인의 「레몬그라스, 똠얌꿍의 재료」. 이 시가 내 두 귀에 울려 퍼지는 순간 나는 이국의 향이 가득한 어떤 시공간으로 날아가 버렸고, 내 눈앞에는 레몬그라스와 고수가 가득한 똠얌꿍 한 그릇이 아른거렸다. 이미 사발째 국물을 들이켰다고 느끼는 순간, 어지럼증이 몰려왔다. 불쑥 속이 메스꺼워지며 불편해지는 증상. 배가 고픈 것이었다. 주나 씨가 '너처럼 먹는 걸 좋아하는 사람에게 배고픔이란 속이 안 좋은 것과 같은 것이구나!'라고 탄식한 바로 그 느낌. 이런 느낌은 불현듯 시작되어 태풍처럼 몰아친다. 더 이상 지체할 수 없었다.

그렇다면 이제 뭘 먹는 게 좋을까 궁리하며 황인찬 시인의 온갖 향신료 향이 가득한 시를 다시 듣기 시작했다. 그때 이미 내 본능은 똠얌꿍을 먹으러 가겠다고 마음먹고 있었는지도 모른다. 대개 이성은 본능보다 느리니까. 시고도 짭짤하고 달다가도 맵싸한 똠얌꿍의 강렬한 향이 내 코끝에 닿았다고 느껴지는 순간, 나는 어느새 차에 앉아 시동을 걸고 있었다. 집에서 가장 가까운 태국 음식점을 향해 거침없는 출발. 대략 15분 동안 운전을 했지만 나를 이루는 일부, 그렇지만 꽤 큰 비중을 차지하는 부분은 이미 태국 음식점의 무거운 의자에 앉아 손가락으로 테이블을 두드리며 초조하게 똠얌꿍이 나오기를 기다리고 있었다.

메뉴판을 볼 것도 없이 똠얌꿍 쌀국수를 주문했다. 이윽고 음식이 나오자 나는 이성이라는 것을 완전히 내려놓았고, 영혼은 이미 태국 땅 어딘가에 가 있었으며, 일사불란하게 수저를 움직이는 두 손과 맛보기에 열중한 혀와 코만이 제 몫을 해냈음을 어렴풋이 기억할 뿐이다. 코 속으로 밀려드는 향기를 한껏 들이마시면서 국물을 떠먹는 순간에도 군침을 삼키고, 초인도 아니면서 뜨거운 쌀국수를 단숨에 후루룩후루룩, 너무 뜨거울 땐 쌀국수가 가득 든 입술을 열어 후후 열기를 식혀가며 열정적으로 맛보았던 것이다. 숙주와 해산물까지 모두 건져 먹고, 국물만이 남았을 즈음에야 멀리 안드로메다은하로 떠났던 이성이 조금, 아주 조금 돌아왔다. 그렇지만 똠얌꿍 국물을 꿀꺽꿀꺽 마시는 것을 멈출 수는 없었다. 나의 먹는 모습을 내가 아는 그 누구도 보지 못했다는 것이 얼마나 다행인지. 단 1초도 허투루 쓰지 않은 똠얌꿍 타임은 그렇게 순식간에, 일사

천리로 끝나고 말았다.

돌아오는 차 안에서야 똠얌꿍의 맛을 그리던 나와 똠얌꿍을 먹고 있던 내가 마침내 만나 온전히 배부른 나 자신이 될 수 있었다. 집에 돌아오니 몸이 어찌나 노곤노곤하고 어깨에 힘이 풀리며 속이 뜨뜻하던지. 그날 나는 태국의 열기를 배 속에 품고서 하루를 보내야 했다.

라디오 프로그램에 출연한 황인찬 시인의 낭독을 듣고 있던 또 다른 날이었다.

들려오는 시는 안현미 시인의 「비굴 레시피」. 듣자마자 비굴이 무얼까 궁금해하다가, 비굴을 잘 씻어서 끓이라는 시구에서는 비굴이라는 굴이 있는 줄 알았다.

굴을 그렇게나 좋아하는데, 그래서 지난 겨울 굴밥, 굴국, 굴전, 굴떡국까지 굴로 안 만들어 본 음식이 없을 정도로 좋아하는데, 비굴을 몰랐다니 이럴 수가! 한탄과 감탄을 오가며 시인이 낭독해 주는 시를 듣고 있는데, 그제야 비굴이 먹는 굴이 아니라 '비굴하다'의 비굴이라는 것을 깨달았다.

비굴이라는 단어도 먹을 것이라고 철석같이 믿을 만큼 나는 비굴한 순간에도 비굴을 의식하지 못하며 둔

하게 살아왔거나, 비굴하지 않았다고 스스로 믿을 만큼이나 뻔뻔하게 살아왔던가 보다. 그것은 누군가의 비굴함을 대가로 비교적 편하게 살아왔기 때문인지도 모른다.

이십 대의 3월 어느 날이었다. 봄이라기엔 너무 춥고 우중충한 날. 수업은 땡땡이치고 일찍부터 술이라도 마시고 싶었지만, 좋아하는 교수님의 수업이었기에 뜨거운 우동을 사 먹고 얌전히 강의실로 들어갔다. 교수님은 며칠 전 있었던 민방위 훈련 이야기를 해줬다. 한 중소 도시의 시청 강당에는 훈련을 위해 모인 남성들이 어수선하게 앉아있었고, 교수님도 다른 이들처럼 이 지루한 시간이 어서 끝나기만을 바라고 있었단다.

그때 강당 단상으로 그 도시의 시장이 올라오고, 양복을 차려입고 어깨를 거만하게 편 시장 곁에는 머리와 허리를 한껏 숙여 굽신거리는 직원 한 명이 바쁘게 움직이더란다. 시장의 한두 발자국 뒤에서 시장이 앉을 의자를 챙기고, 의자가 불편하다는 시장 말에 바람처럼 달려 나가 새로 의자를 챙겨 오고. 강당에 앉아있는 대다수의 남성들에게는 전혀 먹히지 않는 시장의 권

위가 그 말단 공무원에게만큼은 어마어마한 영향력을 행사하고 있었다.

교육 내내 누구를 향한 것인지 알 수 없는 시장의 거들먹거림과 곁에서 시장을 살뜰히 살피는 그 공무원의 모습은 너무나도 우스꽝스러웠다고 했다. 모두가 지루해하는 가운데 오직 시장과 그를 보필하는 직원만이 긴장하는 상황이 한 편의 연극처럼 그려지고 있었다.

"웃기는 거지."

풍자와 위트를 곁들여 킬킬대는 교수님의 목소리에 강의실에 앉아있는 학생들도 낄낄댔지만 나는 웃을 수 없었다.

아빠가 바로 그 중소 도시의 공무원이었기 때문이다. 그날 아빠가 민방위 훈련장에 참석했는지는 지금까지도 모르지만, 교수님의 이야기를 듣는 내내 나는 시장 곁에서 분주히 움직이는 아빠 모습을 그릴 수밖에 없었다. 공손히 두 손을 모으고, 시장 앞에서 예의를 갖추는 모습을. 아마도 부지런히 종종걸음을 쳤겠지. 아빠는 성실한 사람이니까.

하루 종일 바쁘게 움직이는 순간에도 아빠는 몸이 약한 엄마와 성인은 되었지만 스스로 삶을 꾸려나갈 능력이 없는 두 딸을 어깨에 짊어지고 있었을 것이다. 하루 업무가 끝난 뒤, 아니 소주에 취해 집으로 돌아와 잠이 들어서도 단 한 번 꼿꼿하게 서지 못한 채 버티고 있었겠지. 아빠는 어쩌면 힘에 겨워 후들거리는 두 다리를 부여잡으며 웃고 있었을 거다.

그날 강의를 마치고 나는 아빠가 준 용돈으로 또 술을 마시고 밤늦게 집에 들어갔던가, 자취하는 친구 집에 들러붙어서 외박을 했던가. 아빠가 그날 하루 또 만들었을 비굴을 억지로 외면하면서.

아빠에게는 책임지고 돌봐야 하는 바다가 여러 개라서 해와 달이 여러 번 뜨고 지고, 밀물과 썰물이 쉴 새 없이 반복된다. 조차가 크고 그래서 조류마저 빠른 그곳은 비굴이 자라기에 마침맞은 곳. 험한 파도를 버티느라 크기는 작지만 살은 단단해진 비굴이 울퉁불퉁한 바위에 다닥다닥 붙어있을 것이다.

그 비굴을 따다가 잘 씻어 끓여내면 과연 맛이 있을까. 아빠의 비굴을 끓이면 국물에 나를 향한 마음도 녹아있겠지. 아니, 오랜 시간 차가운 바닷바람과 거센 물살을 견딘 아빠의 비굴엔 뼈가 생겨버려서 가끔 탱글탱글한 비굴을 먹다가 으스러진 작은 뼛조각을 뱉어내야 할지도 모른다.

비굴이 자라는 황량한 바다를 그리는 동안, 나는 소주라도 들이켠 양 속풀이가 하고 싶어졌다. 술을 마시지 않아도 어떤 마음은 숙취를 만들기도 하는 것일까. 여행과 술을 열렬히 사랑하는 친구는 태국에서 한 달을 머무는 동안 매일 밤 술을 마시고, 아침마다 똠얌꿍으로 해장을 했다며 입맛을 다셨다. 그게 그렇게 시원하고 좋더라면서. 그렇다면 지금은 내가 똠얌꿍으로 내 마음을 풀어줄 시간.

비굴 레시피를 적용할 엄두는 안 나지만, 간단하게 똠얌꿍 끓일 방법을 찾았다. 바로바로 똠얌 소스로 끓이는 것. 세상 좋아져서 태국에 가지 않아도 태국에서 만든 다양한 똠얌 소스를 찾을 수 있었다. 이것도 맛있어 보이고, 저것도 괜찮아 보이고. 똠얌꿍 맛이 제대로 살아있는 소스를 찾고 싶다는 열망 때문에 나는 오히려 우유부단해져 있었다. 눈이 아프도록 검색하며 고민한 끝에 마침내 코코넛밀크가 포함되어 있다는 제품을 고르기에 이르렀다.

만드는 방법은 초간단. 우선 쌀국수를 미리 불려두

거나 끓는 물에 데쳐 익힌다. 그런 뒤에 똠얌 소스를 물에 풀어 보글보글 끓으면 집에 있는 채소는 무엇이든 넣고, 새우도 먹고 싶은 만큼 넣어 한소끔 더 끓여준다. 마지막으로 익힌 쌀국수를 담아둔 그릇에 끓인 똠얌꿍을 부어주면 완성!

소스는 기대 이상이었다. 레몬그라스와 카피르 라임의 상큼한 향이 살아있고, 코코넛밀크의 달콤함도 은근히 느껴지고. 여기에 고수까지 넣어준다면 그야말로 완벽한 똠얌꿍. 부족한 간은 피시 소스 대신 까나리 액젓 두어 방울로, 라임주스 대신 시판 레몬주스로. 쌀국수가 다 떨어져 집에 있던 당면을 불려 먹었는데 이것도 나름 괜찮았다. 숙주와 청경채와 당면을 한 젓가락에 집어 한입 가득 넣고 새우를 연달아 넣어 먹으면 아삭하고 부드럽고 쫄깃한 식감과 향신료의 향이 나를 달래준다. 새콤하고도 매콤한 국물을 들이켜면, 몸이 뜨끈뜨끈해지면서 맺힌 속도 풀리는 기분. 친구가 왜 똠얌꿍으로 해장을 했는지 알 것 같았다.

대접째 들고 국물을 삼키다가 생각했다. 아빠의 비굴을 넣어 똠얌꿍을 끓인다면 속이 시원해질까, 더 쓰려올까. 갑자기 목에 뭐가 걸렸는지 기침이 나고 눈물이 찔끔 났다. 똠얌꿍 국물이 매웠나, 나답지 않게 국물을 잔뜩 남기고 말았다. 남아있는 똠얌꿍 국물이 저물녘 바다처럼 붉디붉었다.

(《바다》 2021 겨울호)

해장에도 좋은 똠얌꿍 한 그릇

1. 집에 쌀국수가 똑 떨어지고 당면밖에 없으므로 팔팔 끓인 물에 10분간 당면을 불린다.
2. 그사이 냄비에 똠얌 소스와 물을 붓고 끓인다.
3. 물이 끓으면 손질해 둔 새우를 넣고, 버섯, 숙주, 방울토마토 등등 좋아하는 채소를 넣고 한소끔 더 끓인다.
4. 부드러워진 당면을 건져 그릇에 담고 잘 끓인 똠얌꿍을 붓는다.
5. 집에 라임주스가 없으므로 시판 레몬주스를 넣고, 고수도 넣으면 드디어 똠얌꿍 타임!
6. 해장에 좋다고 했지만, 사실 똠얌꿍엔 소주가 잘 어울리므로 소주를 곁들인다. 이 순간 우리 집은 태국식 헤븐.

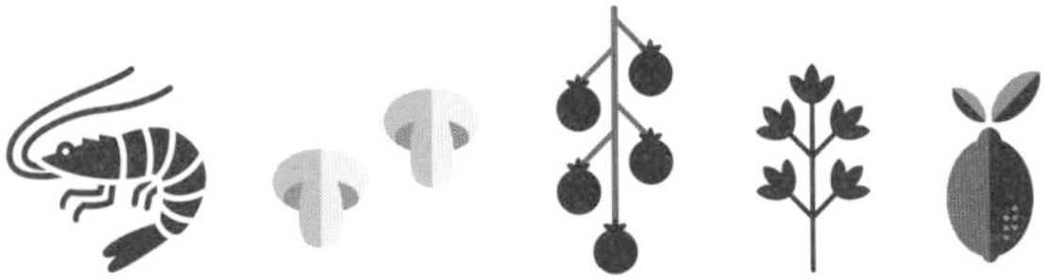

우리 집에 달인이 살아요

야심찬 사과

사과를 깎아 먹기보다는 껍질째 먹는 것을 더 좋아한다.

사과 껍질에 들어있다는, 비만을 예방하고 근육 형성에 도움을 주는 우르솔산이 뱃살을 근육으로 만들어 줄까 싶어서? 항산화 성분이라는 폴리페놀과 트리터페노이드가 무병장수의 꿈에 한 발 다가가게 해줄까 봐? 혹은 노화를 방지해 준다는 안토시아닌 덕에 스무 살 때부터 이미 주름 가득했던 내 노안이 갑자기 동안이 될 거라고 생각해서? 그런 건 아니다.

사실 사과를 껍질째 먹으면 깎아서 먹을 때보다 배가 더 부르기 때문에 좋다. 무얼 먹든 금세 배가 꺼지고, 충분히 많이 먹어야 만족스러운 나 같은 대식가에게 포만감은 무척 신중하게 다루어야 할 감각이다. 포만감에도 좋은 것과 나쁜 것이 있다. 빵이나 과자처럼 입에만 맛있는 탄수화물을 지나치게 많이 섭취하면 분명 배는 부르지만 속이 허한 기분도 동시에 찾아온다. 그렇다고 고기를 많이 먹는 것도 유쾌하지 않다. 고기는 조금 먹어도 포만감은 크지만, 그래서 오히려 과식하기 쉬웠다. 섭취한 음식 양이 얼마 되지 않는다는 생각에 오히려 더 식탐을 부리기 때문이다. 게다가 채소를 먹고 난 뒤처럼 산뜻하고 개운한 기분을 느끼기 어렵다.

가장 좋은 포만감은 채소와 과일을 충분히 섭취하고 난 다음에 찾아온다. 가공을 거치지 않은 있는 그대로의 채소, 그래서 강력한 위산도 개의치 않는 꿋꿋한 식이 섬유가 위와 소장에 머물며 네댓 시간 정도는 든든하게 해주어야 비로소 기분 좋은 포만감을 만끽할 수 있는 것이다. 사과 껍질은 바로 그 '좋은 포만감'의 주인공이었다.

어쩌면 이 모든 고찰이 사과 껍질을 제대로 깎지 못했기에 나온 것인지도 모른다. 그렇다. 나는 사과를 잘

못 깎는다. 이상하게 어릴 때부터 무언가를 만지기만 했다 하면 부서지고 망가지기 일쑤였다. 과도 사용도 서툴러서 사과를 깎고 나면 껍질이 아니라 과육을 깎은 듯 사과가 유난히 작아지곤 했다. 간혹 손님들 앞에서 사과를 깎아야 할 때면 반쯤 깎던 사과가 방바닥에 내팽개쳐지곤 했다. 사과가 마치 살아있는 한 마리 미꾸라지라도 되는 것처럼. 내 손에서 꿈틀대다가 미끄러져 도망치는 것이 어디 사과뿐이겠는가. 그러다 보니 자연히 과일을 깎는 일과 멀어지고 말았고, 껍질째 사과를 베어 먹는 것을 즐기게 되었다.

그런데 결혼 후에 상황이 달라졌다. 나와는 달리 주나 씨는 사과를 잘 씻은 뒤 껍질을 벗겨서 먹어야 한다는 주의였다. '껍질째 먹는 것이 (편리하고 배불러) 좋다'는 나의 느슨한 생각에 비해, 태어났을 때부터 과일의 생장을 보고 자란 과수원집 막내아들이었던 그의 주장은 꽤 확고했다.

시부모님은 주로 대추, 포도, 복숭아를 재배하며 수확하여 번 돈으로 아들 넷을 키웠고, 딸기, 감, 석류, 앵두 같은 열매들을 다양한 푸성귀와 함께 텃밭에서 길러 먹였다. 게다가 동네 이웃들이 시부모님이 다루지 않던 참외나 수박, 사과까지도 자주 나누어 주었다고 한다. 덕분에 주나 씨는 과일이라면 누구보다도 원없이 먹어본, 아니 사실은 과일은 좀 그만 먹고 고기가 먹고 싶었던, 하지만 고기를 양껏 먹지 못하고 자란 사람이었다(어릴 때 고기를 조금만 더 먹었다면 지금보다 키가 더 컸을 거라고 강력히 주장하는 그는 실제로 시아버지보다도 키가 작다. 과연……).

농사일로 바쁜 부모님은 겨울을 제외하고는 집에서 아들들의 간식까지 일일이 챙겨줄 여력이 없어서 철마다 제철 과일을 과도와 함께 마루의 소쿠리에 담아두고, 먹고 싶은 사람이 알아서 먹게 했단다. 그런데 과일을 껍질째 먹진 않았다고 한다. 그의 고견에 따르면 과일을 키울 때에 꽤 많은 양의 농약을 치기 때문에 과일을 껍질째 먹는다는 건 생각할 수 없으며, 자라는 동안 껍질을 깎지 않고 과일을 먹은 적은 거의 없다는 것이다.

그런 가풍(?)은 훗날 자식들이 모두 결혼하고 막내며느리를 본 후에도 이어졌다. 막내며느리가 된 지 얼마 지나지 않았던 어느 여름, 소쿠리에서 과도를 집어 드는 시아버지한테 복숭아를 깎아주겠다고 나섰을 때 '내가 까

먹으면 된다'며 단호히 거절했던 순간의 당황스러움과 동시에 밀려든 안도감이란. 시아버지는 복숭아 껍질을 얇고 길게 깎은 뒤 과육을 아삭아삭 베어 먹었다.

주나 씨 역시 어린 시절부터 과일을 깎아본 경력 때문인지 과일을 깎는 고도의 기술을 체득했다. 어떤 과일이든 과일이 지닌 고유한 형태가 잘 살도록 얇고 섬세하게 껍질을 깎고 나면 줄줄이 이어진 얇고 가느다란 과일 껍질만이 끊어지지 않고 남아있었다.

그가 과도를 다루는 손길은 흡사 끌이나 조각도를 자신의 손과 하나된 양 능숙하게 다루며 섬세하게 작품을 다듬어가는 조각가의 그것처럼 보인다. 특히 과일 껍질을 무척이나 얇게 깎는데, 껍질이 얇으니 무게가 가벼워서인지 껍질을 다 깎는 동안에도 길게 늘어진 껍질이 쉽게 끊어지지 않는다. 거기다가 과육이 깎이는 걸 허용하지 않겠다는 장인 정신이라도 지닌 건지, 외피만을 벗은 과일 본래의 원형이나 타원형의 입체적 특성이 깎은 후에도 고스란히 남아있다는 것이다.

혹시 내 눈에만 그렇게 보이나 싶어 지인들에게 그가 깎은 사과 사진을 보여주었더니, 다들 솜씨가 보통

이 아니라고, 사과가 조각처럼 보인다고들 하는 것이었다(내가 너무 호들갑을 떨어 어쩔 수 없이 그리 응수해 준 것인가……). 나는 또 경박스럽게 사람들의 그런 반응을 그에게 전달해 주는데, 그 이야기를 듣고도 그는 아무렇지도 않은 척 평소대로 무심한 표정을 지으며 사과를 깎는 것이다. 그런 날이면 그가 깎은 사과가 유난히 고와 보이는데 그건 내 기분 탓이겠지.

먹기 좋게 조각을 내기 전에 막 껍질을 다 깎은 곱디고운 사과를 가만 보고 있자니, 이 빼어난 재능을 펼칠 수 있도록 해주지 못하고 아깝게 너무 방치했다는 걸 깨달았다.

당장 인터넷 검색에 들어갔다. 코로나 바이러스가 기승을 부리기 바로 전까지만 해도 가을이면 전국의 사과 재배지에서 열리는 사과 축제에 '사과 깎기 대회'가 반드시 열렸다는 걸 알 수 있었다. 사과 껍질을 끊지 않고 길게만 깎으면 되는 대회도 있었지만, 깎은 사과의 모양이 얼마나 보기 좋은지까지 평가하는, 예술성이 점수에 중요하게 반영되는 지역 대회도 있었다.

"그래, 이거야, 이거!"

가을에는 그와 전국의 사과 축제를 다니면서 모든

사과 깎기 대회에 출전하여 그의 숨겨왔던 솜씨를 온 세상에 뽐내는 것이다. 주나 씨가 1등을 못하면 누가 하겠는가. 상품으로 사과를 받을 테니 덕분에 맛있는 사과도 실컷 먹을 수 있겠지. 많은 사람들 앞에서 평소 습관대로 입술을 모으고 사과 깎기에 집중하는 주나 씨 모습을 열심히 카메라에 담느라 나는 또 얼마나 분주할까. 달콤한 사과 향기와 가을의 향기 속에서 웃고 있을 주나 씨 모습을 상상하니 마음이 급해졌다.

약 5분의 고심(검색) 끝에 나는 아주 진지하게 그와 식탁에 마주 앉았다. 그에게 나의 이 치밀하고 야심찬 계획을 찬찬히 전달했다. 아쉽지만 올해에도 코로나 때문에 사과 축제가 없는 것 같으니, 코로나 상황이 끝나 사과 축제가 시작되면 그때부터 차근차근 도전해 보자고. 그렇다고 너무 부담 가질 필요는 없고, 첫해에는 그저 입선 정도 하면서 경험을 쌓고, 그다음 해에 우승을 목표로 준비하면 된다고. 그러니 일단 이번 겨울엔 첫 동계 훈련에 들어가겠다고 말이다.

예를 들어 주나 씨는 출근해서도 사과를 얇고도 섬세하게, 그래서 끊지 않고 길게 깎는 과정을 구체적으로 상상하는 이미지 트레이닝을 해야 한다. 실제로 이미지 트레이닝만으로도 팔꿈치 근육을 15%나 증가시켰다는 미국 클리브랜드 병원의 연구 결과도 있지 않은가. 우리나라 양궁 선수들이 세계적인 기록을 세우는 것도 다 이미지 트레이닝 덕분이다. 이렇게 구체적으로 계획을 세우는 나의 열의에 그는 복숭아에서 튀어나온 벌레라도 씹어 먹은 표정이었다.

'벌써 긴장했나?'

일단 지금 어느 정도 수준인지 정확히 파악해야 동계 훈련 계획을 치밀하게 짤 수 있겠지 싶었다. 나는 시나노 골드 한 알을 가져다주며 그에게 사과 껍질을 얼마나 짧은 시간에 얼마나 길게 깎을 수 있는지 한번 보자고 했다. 한데 내가 이토록 진지하게 나의, 아니 우리의 '목표'를 이야기했음에도 그는 그런 대회에는 나갈 마음이 없다는 것이었다. 아니 조금만 연습하면 우승도 가능한 걸 왜 안 하려고 하지? 자신이 없나? 나는 그의 부담감을 덜어주려고 조금 더 부드러운 방식으로 그를 설득해 보기로 했다.

"끊기지 않고 길게 깎인 사과 껍질 사진을 블로그에 올리고 싶은데? 게다가 깎은 사과 모양이 예쁘면 사람들이 좋아한단 말이야!"

그러자 군말 없이 단 한 번도 끊기지 않게 사과 껍질을 깎아준 그. 그가 깎은 사과 껍질은 뭐 거의 습자지 같았다. 깎아놓은 사과의 얌전한 모양새는 또 어떻고.

'그래, 이런 식으로 자연스럽게 훈련해 나간다면 목표 달성도 가능하겠어!'

중대한 일을 도모할 때에는 보다 멀리 보려는 넓은 시야를 가질 필요가 있다. 눈앞의 상황에 일희일비하지 말고, 성실히 연습을 해야 하는 것이다. 매주 사과 한 박스 정도는 꾸준히 먹어주어야 탄탄한 실력이 쌓일 테지. 그러는 동안 나는 사과를 더 좋아하게 될지도 모른다. 주나 씨가 깎은 사과를 먹으면서 누군가가 정성껏 깎아준 사과가 마음 가득히 포만감을 준다는 것도.

그래서 날마다 사과처럼 웃고 있을지도.

달인의 훈련법, 토르티야 사과 피자

1. 토르티야 위에 꿀을 얇게 펴 바른 후 모차렐라 치즈를 골고루 뿌리고, 중간 중간 고르곤졸라 치즈도 적당히 올린다.
2. 반달 모양으로 최대한 얇게 썬 사과를 둥글게 올리고, 그 위에 사과를 (더 많이 먹을 수 있도록) 한 겹 더 올린다.
3. 잣이나 잘게 부순 호두, 아몬드 등 집에 있는 견과류를 약간 뿌린다.
4. 오븐에 굽거나, 기름 없이 달군 팬을 약불에 놓고 뚜껑을 덮어서 치즈가 녹을 때까지 구워준다.
5. 구워진 토르티야 피자에 시나몬 가루를 솔솔 뿌린다.
6. 짭짤한 치즈와 달콤한 꿀의 단짠 조화, 아삭한 사과와 달콤한 시나몬의 포근한 조화를 음미한다.

개다리소반의 추억

식혜의 자리

어릴 적 외가에 가서 할머니 표 식혜를 한 모금 마시면 진짜 방학이 시작된 것 같았다.

할머니를 생각하면 커다란 키, 씩씩한 걸음걸이, 맛있는 걸 먹이고 싶어 분주한 손길이 떠오르고, 그다음엔 조그마한 개다리소반이 뒤따라 그려진다. 나와 동생이 마주 앉으면 꼭 우리를 위해 만든 것처럼 맞춤했던 그 작은 상. 멀리서 온 우리를 위한 할머니의 웰컴 음료 '난술', 바로 식혜가 올려져 있던 그 소반상이 떠오른다.

경주 여자 엄마는 수원 남자 아빠를 만났고, 지금보다 만나기 힘들었던 경주와 수원 사이의 거리를 뛰어넘어 열렬히 사랑했다. 마침내 엄마는 오직 사랑하는 남자 하나만 믿고 평생을 살아온 고향을 떠나 먼 경기도 땅에 터를 잡고 살게 되었다. 우리는 여름과 겨울, 방학이 되면 다 함께 할머니를 만나러 경주에 가곤 했다.

그땐 자가용이 없어 경주 가는 길이 결코 만만치 않았다. 수원역에서 동대구역까지 기차를 타고, 동대구역에서 다시 경주로 가는 버스로 갈아타고, 경주 버스터미널에서 건천으로 가는 버스를 탄 뒤, 버스가 들어가지 않는 시골 동네까지 또 한참을 걸어야 도착할 수 있었던 곳. 가끔 운이 좋으면 그 시골길을 지나는 트럭 같은 것을 얻어 탈 수 있었다. 특히 픽업트럭의 화물칸에 앉아 휙휙 지나가는 나무와 시골길을 구경하는 게 그때는 마냥 좋기만 했다.

할머니 댁 마당에 들어서면 할머니는 정말이지 버선발로 뛰어나와 우리를 반겨주었다. 그러고는 우리를 위해 미리 만들어 놓은 식혜를 개다리소반에 내어오곤 했다. 할머니가 만든 식혜가 그땐 얼마나 맛있던지, 밥그릇에 떠서 담아준 식혜를 한 그릇 더 달라고 조르곤 했다. 그러면 할머니는 "맛있나?" 하며 싱글벙글 웃었다.

외사촌들이 여럿 있었지만 먼 길을 달려온 우리를 할머니는 유난히 살갑게 안아주었다. 그건 손녀들에 대한 사랑이기도 했지만 또한 엄마에 대한, 엄마의 엄마가 표현하는 더 큰 사랑일지도 모른다. 용감하게도(실은 괘씸하게도), 멀고 낯선 곳으로 시집 가버린 딸에 대한 애틋함과 함께.

나는 할머니가 내오는 그 귀여운 상이 참으로 좋았다. 거기엔 우리를 위한 맛난 것들이 쉴 새 없이 올려지곤 했다. 할머니가 직접 수확한 찐 옥수수나 찐 감자, 아궁이에 솔가지를 넣어 구운 군고구마, 이웃집에서 얻어온 참외나 수박, 할머니가 부쳐준 김치부침개 같은 것들. 그 귀엽고 맛있는 상의 이름이 개다리소반이라는 것은 어른이 되어서야 알았지만 말이다.

내가 일곱 살, 혹은 여덟 살이었던 여름이었을까. 동생과 함께 비밀리에 석류나무, 감나무만 있는 할머니네 마당을 예쁘게 꾸미겠다는 야심찬 계획을 세웠다. 할머니 댁은 푸른 산이 가깝고 동네 가운데로 산에서 흘러 내려오는 계곡물이 흐르는 아름다운 동네에 있었는데, 산기슭으로만 가도 내가 살던 곳에서는 볼 수 없는 꽃과 신기한 풀들이 가득했다. 난 동생을 데리고 산으로 들로 뛰어다니면서 가장 싱싱하고 예쁜 꽃과 풀들을 꺾어와 마당 구석구석에 열심히 심었다. 예쁘게 꾸며진 마당을 보면 할머니가 얼마나 기뻐할까 뿌듯해 하면서.

할머니 댁 마당 꽃단장을 마치고서 나는 서둘러 할머니가 계시는 뒷밭으로 달려갔다. 혼자 의기양양해 하며 할머니 손을 잡고 마당에 들어섰는데……. 세상에, 외양간에 있던 송아지가 어떻게 빠져나왔는지, 꼬리까지 힘차게 휘두르며 하늘로 날아오를 듯 온 마당을 펄쩍펄쩍 뛰어다니고 있는 게 아닌가! 게다가 그 녀석은 우리가 정성껏 심어놓은 풀꽃들을 몽땅 짓밟거나 뜯어 먹어버리고, 마당은 온통 흙이 파헤쳐져 엉망진창이 되어있었다.

그런데도 할머니는 전혀 놀라지 않고 마냥 날뛰는 송아지를 단번에 제압하고는 외양간에 들여보냈다. 나는 할머니의 위풍당당한 뒷모습을 숨도 못 쉰 채 그저 놀란 눈으로 지켜보고만 있었다. 꽃단장이 망가진 마당 때문에 슬퍼할 겨를도 없었다. 그때의 할머니는 영화 속 어떤 히어로보다도 멋있었다.

어지러워진 마당을 금세 정리하신 할머니는 나와 동생을 마루에 앉히고는, 언제 사왔는지 귀여운 딸기 그림이 줄줄이 그려진 분홍색 쭈쭈바를 내왔다. 쭈쭈바 두 개를 개다리소반에 올려서.

개다리소반을 다시 만난 것은 결혼을 하고 나서이다.

결혼하고 첫 명절을 보내러 시댁에 갔을 때, 시어머니는 먼 길을 달려와 한숨 돌리는 우리 앞에, 특히 시댁에서 보내는 명절이 처음이라 어찌할 바를 모르고 앉아있던 내 앞에 개다리소반을 밀어놓았다. 시어머니가 직접 삭힌 식혜를 밥그릇에 가득 담고, 밥알 떠먹을 숟가락을 함께 올려서. 그 와중에도 식혜를 보자 군침이 돌았다. 곁에서 주나 씨가 시원스레 식혜를 들이켜는 것을 보다가 나도 숟가락을 들어 밥알을 떠먹기 시작했다. 달고도 시원한 그 맛은 어려운 자리라는 것도 잊고 홀홀 마셔버리게 만드는 맛이었다.

중학교 이후 할머니 댁에 놀러가는 것이 재미없어지면서 맛보지 못하게 된 '손수 만든' 식혜를 다시 먹게 된 순간이었다.

그날 이후로 시어머니는 일 년에 서너 번 우리가 갈 때면 식혜를 미리 만들어 꽁꽁 얼려놓았다가 돌아올 때에 꼭 챙겨주곤 했다. 집에 돌아오면 살얼음이 동동 떠 있을 정도로 녹아서 한 잔씩 마시고, 남은 식혜는 냄비에 한 번 끓인 뒤에 아껴서 먹었다.

시어머니가 기운이 점점 쇠해서 식혜를 담기 어려워진 상황에서, 나와 주나 씨는 점점 소화기가 예민해지면서 전보다 더 식혜가 그리워졌다. 결국 우리가 식혜를 직접 만들어 먹을 생각까지 하게 되었다.

식혜는 어떻게 만들까 찾아보았다. 엿기름을 베주머니에 담아 따뜻한 물에 불리고, 엿기름 주머니를 주물러 엿기름이 잘 우러나게 한 뒤에 그 윗물만 사용해 밥을 삭혀야 한단다. 식혜 만드는 방법을 읽기만 했는데 이렇게 쉽게 피곤해질 줄이야. 다행히 나처럼 게으르면서도 식혜는 먹고 싶은 사람을 위한 티백 형태의 엿기름이 있었다. 고슬고슬하게 한 밥에 물을 붓고 엿기름 티백을 넣어 전기밥솥에 네댓 시간 정도 보온으로 두어 삭히는데, 이때 설탕을 한 수저 정도 넣어주면 발효가 좀 더 빨리 된다고 한다. 호들갑스러운 나는 발효가 잘되고 있는지 궁금해서 자꾸 중간에 여러 번 밥솥을 열었다 닫았다 했는데, 세 시간이 훌쩍 넘어가니 흰 밥알이 열 알 넘게 동동 떠있었다. 이러면 발효가 다 된 것이라고 하니 티백이 터지지 않게 조심하면서 엿기름 티백을 꺼냈다.

'세상에, 내가 식혜를 다 만들다니!'

식혜는 아직 완성도 안 됐는데 혼자 감격하며 설레발치고 있었다. 이제 마지막 가열만 하면 완성이었다. 티백 엿기름 설명서에는 이 과정에서 냄비에 옮겨 끓여도 되고, 밥을 발효시킨 전기밥솥에서 취사를 해도 좋다고 써있었다. 나는 식혜의 단맛을 위해 설탕을 아낌없이 넣어준 뒤 그대로 취사 버튼을 눌렀다.

전기밥솥이 완성해 줄 식혜를 기다리며 나는 방에 들어가 책을 읽었다. 가열된 전기밥솥의 압력추가 돌아가는 소리가 유난히 거칠다 싶긴 했지만 별 걱정없이 있다가, 취사가 완료되었다는 알림음에 부엌으로 갔더니! 설탕이 잔뜩 들어간 식혜가 사방팔방 튀어나와 어지러이 흩어져 있었고, 전기밥솥 올려놓은 선반은 물바다가 되어있었다. 선반과 수납장 닦는 것도 힘들었지만, 뜨거운 전기밥솥에 튄 설탕물은 그 열기 때문에 아주 끈적끈적하게 달라붙어서 닦고 또 닦는 동안 내

영혼까지 증발해 버리는 기분이었다. 많이 먹을 욕심에 밥도 두 그릇에, 물도 넉넉히 부어놓고 별탈 없을 거라 생각한 내 잘못이었다.

그날의 교훈을 되새기며 다시 만들 때는 발효가 끝난 식혜를 큰 냄비에 옮겨 담아 끓였는데, 오히려 시간이 적게 걸려 좋았다. 이번엔 친구가 나눠준 생강가루도 적당히 넣었더니 깔끔하면서도 생강 향이 은은한 식혜가 완성되었다.

주나 씨와 마주 앉아 예쁜 크리스털 잔에 담아 마셔보았다. 분명 맛있는데, 내가 좋아하는 밥알이 잔뜩 들어가서 숟가락으로 맘껏 퍼먹을 수 있는데, 여전히 뭔가 중요한 게 빠진 것 같다고 생각하던 그때, 할머니와 시어머니의 개다리소반이 떠올랐다. 아주 작고 상처가 많았던 개다리소반, 닦아도 잘 닦이지 않는 오랜 흔적들이 가득했던 개다리소반이. 도시에서는 결코 자주 먹을 수 없는 귀한 것들이 올망졸망 올라오곤 했던 개다리소반. 할머니와 시어머니의 개다리소반에는 맛있는 것 말고도 닦을 수도, 치울 수도 없는 두 분의 사랑이 함께 올려져 있었다는 것을 이제야 나는 안다.

다음에 시어머니한테 가면 강아지 다리처럼 귀여

운 곡선을 그리며 바닥을 딛고 서있을 개다리소반을 잘 닦아봐야지. 그러면 개다리소반 위에 올려두고 미처 챙기지 못한 마음이 보일지도 모른다. 할머니의 사랑은 뒤늦게 알았지만, 시어머니의 마음은 이제라도 잘 챙겨올 수 있지 않을까.

개다리소반에 담긴 추억들을 가만히 소반다듬이[*] 하다 보면 내가 만든 식혜가 더 맛있어질지도 모를 일이다.

---

[*] 소반 위에 쌀이나 콩 따위의 곡식을 한 겹으로 펴 놓고 뉘나 모래 따위의 잡것을 고르는 일. 또는 그렇게 고른 곡식.

할머니 손맛이 그리운 날에 맛있는 식혜

1. 엿기름 티백을 먼저 주문해 둔다.
2. 전기밥솥에 어제 먹다 남은 찬밥 두 덩이, 물, 티백 엿기름을 넣고 보온으로 네댓 시간 정도 삭힌다. 이때 설탕 한 숟가락을 넣으면 더 빨리 발효된다니, 나처럼 성질 급한 사람은 꼭 넣기!
3. 물 위로 밥알이 동동 떠오르면 엿기름 티백을 조심조심 꺼낸다.
4. 설명서에 쓰인 대로 적당량을 만드는 분은 이대로 전기밥솥의 취사 버튼을 눌러주면 되지만, 나처럼 식탐 있는 분은 반드시 냄비에 옮겨 담아 끓인다.
5. 냄비에 옮긴 식혜에 설탕을 넉넉히 넣고, 생강을 좋아한다면 생강을 썰어 넣거나 생강가루를 첨가한다. 은은한 생강 향이 너무나 매력적임.
6. 밥그릇에 넉넉히 담아서 밥알을 떠먹다 보면 어느덧 후루룩 마시게 되는 식혜 완성.

나의 자매들과 함께하는

링가링가한 삶의 맛

이상한 사람들을 만났다.

차 한 잔, 책 속에서 만난 문장 한 줄, 눈 내린 날의 창밖 풍경이나 막 피어난 봄꽃의 수줍은 빛깔 하나에도 진심인 사람들. 특별할 것 없는 순간들에 감탄하는 사람들이 SNS에 있었다.

이렇게 소소한 걸 굳이 SNS에 공개적으로 올린다고? 소소한 것은 너무 사소해서 대단할 수 없고, 대단하지 못할 바에야 아무것도 하지 않는 것이 낫다고 생각해 왔던 나에게, 그들은 말 그대로 이상한 사람들이었다. 더 이상한 것은 그 대단치 않은 일상이 쌓이고 쌓여서 커다란 세계가 만들어지고 있다는 것이었다. 자신의 방식으로 삶을 살아가는 일 자체가 하나의 예술이고, 예술이란 결과물이 아니라 태도에서 시작된다는 것을 그들은 몸소 보여주고 있었다.

그들을 보며 대단하지 않은 나도 뭔가 시작할 수 있을 것 같다는 용기가 생겼다. 아무것도 하지 않는 것보다 내가 할 수 있는 것을 하는 것이 훨씬 근사한 일이라는 것을 그들이 보여주고 있지 않은가. 나는 그들을 흉내 내려고 SNS에 발을 들였다.

좋아하는 시를 필사하는 것부터 시작했다. 내 이야기를 직접 할 자신이 없어 좋아하는 시에 내 마음을 에둘러 담았다. 이 작은 움직임은 어느새 나와 비슷한 정서를 지닌 이들을 불러 모았다. 내가 좋아하는 것을 누군가가 함께 좋아해 주는 것만큼 신나는 일이 있을까. 나는 어쩐지 용기가 생겨서 시에 얽힌 나의 경험과 생각들을 솔직하게 적어 나갔다.

투박한 내 글에 가장 먼저 따뜻한 손을 얹어준 건 랜선 언니들이었다. 인생 선배인 언니들은 내게 더 많이 웃고, 더 크게 울어도 괜찮다고 말해주었다. 내가 느끼는 감정이라면 그것이 부정적이거나 사소한 것이라

해도 소중하고, 그 소중한 순간들을 글로 표현하는 것이 자유로워지는 길이라는 걸 가르쳐 주었다. 답이 보이지 않는 푸념을 늘어놓거나 힘들어 죽겠다고 엄살을 부릴 때에도 나를 다독이는 랜선 언니들의 따뜻한 댓글 덕분에, 솔직한 것 말고는 별 볼 일 없는 내 글이 비로소 작은 의미를 지닐 수 있었다. 그 다독임에 그다음 글을 쓸 수 있었다.

랜선에서도 사랑은 내리사랑일까. 언니들이 내게 보내준 사랑은 나에게서 다른 이들에게로 흘러갔다. 랜선에서 만난 자매들, 특히 나도 오랜 시간 고민했던 엄마나 친구들과의 관계 때문에 힘들어하는 동생들에게 나의 관심과 애정이 건너갔다. 그들의 고민은 나의 것과는 전혀 다르기에 자신의 경험을 털어놓는다고 해서 우리가 그 문제를 해결할 수 있는 건 아니었다. 다만 아픔을 털어놓으면 단지 아픔으로 끝나지 않는다는 걸 언니들이 가르쳐 주었듯 아픔을 나누려고 애쓸 뿐이었다. 그러고 나면 똑같은 아픔도 잠시 덜 아팠다. 다시 아파질 수밖에 없지만 함께하고 있다는 생각에 조금은 용기가 났다. 진심이란 굳이 '진심'이라고 이름 붙이지 않아도 알아볼 수 있고, 그래서 마음을 내려놓게 만드는 힘이 있었다. 서로에 대해 아는 것이 별로 없는데도 이런 관계가 가능하다니. 아니, 서로를 잘 몰랐기에 오히려 어떠한 편견도 없이 서로의 이야기를 들어줄 수 있었던 것일까.

돌고 돌며 흘러내리는 사랑 속에서 랜선 자매들과 함께 놀다 보면 끊임없이 파도타기를 하게 되었다. 우리는 특히 책으로 파도타기를 즐겼다. 책을 좋아하는 랜선 자매들이 책을 읽고 감상 글을 남기면, 어느새 도미노처럼 서로에게 책 이야기를 전하며 그 책을 함께 읽고 있었다. 읽지 않은 책이라도 괜찮았다. 랜선 자매가 적어놓은 문장 속에서 서로의 생각을 더듬어 나가면 되었다. 마음속 깊이 남은 시 한 편을 공유하면 또 다른 자매가 그 시를 필사하고, 또 누군가는 그 시인의 시집을 읽었다. 어느새 우리가 함께 읽은 시 한 편이 온 세상을 떠돌아다녔다.

누구보다 책을 좋아하고 열심히 읽어서 내가 무척이나 흉내 내고 싶었던 랜선 자매가 마사 누스바움의 『정치적 감정』을 함께 읽자고 제안했을 때에는 나도 모르게 손을 번쩍 들었다. 평소라면 읽을 엄두를 내지 못했을 벽돌 같은 책을 읽으며 서로를 응원하고, 그다음

챕터로 함께 나아갔다. 나에게는 유난히 너울이 거셌던 누스바움의 책 파도를 타는 일조차 함께하는 즐거운 놀이였다.

책에 진심인 자매들과 책을 읽다 깨닫게 된 사실. 책에는 읽으면 읽을수록 읽고 싶은 책이 늘어나고 결국은 읽어야 할 책이 거미줄처럼 무한히 얽히는 성질이 있음을 알았다. 알고 보니 SNS는 아름다운 사진과 이야기들로 단단히 엮인 책 거미줄이었다. 눈에 잘 띄지 않던 거미줄에 햇살이 내리면 얼마나 반짝이던가. 그 고운 거미줄에 매달려 도통 빠져나갈 수 없게 된 나는 어느덧 랜선 자매들과 함께하는 북 클럽에 참여하고 있었다.

랜선 자매들과 마음의 양식만 나눈 건 아니다. 책으로 영혼을 배 불리고 나면 내 위장은 허기로 더욱 요동쳤으니까. 사실 내 재능은 음식을 만드는 것보다 잘 먹는 데에서 특출했고, 먹고 싶은 게 너무 많아 부지런히 먹었을 뿐인데 복스럽게(실은 게걸스럽게) 잘 먹는다며 자매들은 애정을 주었다. 밥만 잘 먹어도 이렇게 인정받다니, 나는 칭찬에 목마른 아이처럼 내가 얼마나 잘 먹는지를 더 열심히 기록했다. 결국 자매들의 칭찬은 내가 나를 더 잘 챙기며 살아가게 만들었다.

엄마가 아프고 나서 엄마 김치를 더 이상 먹을 수 없게 되었을 때, 난생처음 김치 맛이 깔끔하다는 곳을 찾아 김치를 주문했다. 그런데 운이 나쁘게도 김치가 우리 집에 오다가 사흘 만에 길을 잃어버렸고, 주문처에서 김치를 다시 발송하느라 거의 열흘 만에 도착하는 일이 생겼다. 이 작은 시련에 대해 SNS에 호들갑을 떨었음은 당연한 일이고.

그때 멀지 않은 도시에 사는 랜선 언니가 직접 담근 김장 김치를 나누어 주겠다고 했다. 혼자 힘들게 김장을 마치고 나서 며칠 앓았던 것을 알고 있는데, 그 귀한 김치를. 처음엔 그걸 알고도 김치를 받는 것이 오히려 마음에 걸렸다. 거절할 수도, 그렇다고 넙죽 받기도 난감했던 나는 안절부절못하다가 결국 언니를 만나러 갔다. 언니는 김치를 가득 담은 커다란 김치통을 건네줬다. 유난히 무겁게 느껴지는 김치통을 열자 겹겹이 포개진 정갈한 김치 포기들 사이로 정성스러운 손길이 빼곡했다. 나는 이제 이 마음을 어떻게 갚아야 하나. 잠시지만 그런 생각을 했던 것 같다.

집에 와 언니의 김치를 꺼내어 먹기 좋게 썰었다.

조금 무거웠던 마음과는 달리 먹음직스러운 김치를 보자 어찌나 군침이 나던지. 빨갛게 양념한 김치 속을 듬뿍 올린 김치 한 조각을 밥에 얹어 먹는 순간, '내가 왜 김치 받기를 망설였지?' 그 생각부터 들었다. 이 맛있는 걸 안 받았으면 어쩔 뻔했나. 뻔뻔스럽게도 김치 받기를 백번 잘했다고 금세 마음을 바꾸게 만드는 맛이었다. 담백하고 짜지 않으면서 시원한 맛. 젓갈 내음이 강하지 않으면서도 살아있는 감칠맛. 쌀밥에 아삭아삭한 김치 한 조각을 올리고 들기름 발라 바삭하게 구운 김에 싸 먹으면 그대로 밥 한 공기는 뚝딱 할 수 있는 그런 맛. 나는 그날 밥 두 공기를 비우고 말았다.

그때 언니 김치를 먹으면서 누군가가 내어주는 사랑을 잘 받는 것도 사랑이라는 것을 어렴풋이 배웠다. 김치만 꺼내 밥 한 그릇을 먹고 나니 배만 부른 게 아니라 마음까지 부듯하게 차올랐다. 맛있게 먹을 줄만 아는 나를 보며 언니는 그걸 그렇게 뿌듯해하고 고마워했다. 사랑이라는 보이지 않는 감정을 온몸으로 느낄 수 있었던 것은 단지 나의 대단한 식탐 때문만은 아닐 것이다.

SNS에 맛있게 먹은 음식을 공유할 때, 그 안에서

놓치지 말아야 할 삶의 지혜가 오래도록 파도치게 하는 사람들 또한 나의 자매들이다. '미니멀 라이프'라는 말이 지금처럼 유행하기도 전부터 그것을 실천하며 살아가는 랜선 동생은 꾸준히 '용기 내 챌린지'를 진행하고 있다. 일회용 쓰레기를 줄이기 위해 커피를 담을 텀블러를 챙기는 것은 물론이고, 떡볶이나 치킨을 사 먹을 때에도 소스를 담을 작은 용기까지 모두 챙겨서 음식을 받아 오는 번거로움을 기꺼이 감수하며 지내고 있다. 그 실천을 사랑 말고 어떤 단어로 표현할 수 있을까. 지난 여름엔 동생이 어쩔 수 없이 생긴 일회용기를 씻어서 과일 담는 소쿠리로 사용한 사진을 SNS에 올렸다. 빨간 자두가 가지런히 담긴 노란 플라스틱이 얼마나 정갈해 보이던지. 그것을 사용하는 사람의 마음가짐에 따라 쓰레기가 될 물건도 쓸모 있어진다는 것 또한 배울 수 있었다.

비건을 지향하는 또 다른 랜선 자매의 사려 깊은 태도에 마음이 덜컥 내려앉기도 했다. 그는 가족과 함께 고기 요리를 만들어 먹더라도 그것을 SNS에 공유하는 것은 조심한다고 했다. 사진 한 장이 어떤 영향을 줄지 한번 더 고민하게 된다는 그의 이야기에 그제야 아차 싶었다. 나 역시 비건을 지향하지만 가끔 닭볶음탕이나 오리 로스구이 같은 걸 먹을 때에 별 생각없이 사진을 올리곤 했었다. 진짜 배려라는 것은 마음에서부터 시작한다는 당연한 진리를 다시 한 번 배우는 순간이었다. 이후로 가끔 고기를 먹을 때마다 랜선 자매의 지혜로운 마음을 떠올린다. 그 마음들이 있어서 내가 옳다고 생각하는 것을 포기하지 않고 지속해 올 수 있었다. 아무리 해봤자 티가 안 나서 이런 노력들이 정말 소용이 있기는 한 걸까, 모든 것이 덧없어 보이기만 할 때면 야무진 자매들이 나를 일깨우는 파도를 보낸다. 은은하고도 쉬이 그칠 줄 모르는 파도를. 우리가 함께 가고 있다는 것을 알려주는 파도. 그래서 나는 오늘도 새롭게 다시 시작할 수 있다.

우연히 시작한 SNS, 그리고 그곳에서 만난 나의 랜선 자매들을 생각하면 웬일인지 '둥글게 둥글게'라는 오랜 동요가 입에서 맴돈다. 서로를 직접 만나지 않고도, 서로에 대해 잘 알지 못해도, 우리는 언제나 둥글게 둘러서서 서로의 손을 맞잡고 세상을 향해서 '링가링가' 춤추고 있다는 것을 알기 때문이다. 함께해야 가장 둥글게 완성되는 저마다의 춤을 말이다.

글을 쓰게 하고, 책을 읽게 하고, 맛있는 것을 챙겨 먹게 하고, 더 좋은 세상을 꿈꾸게 하고, 삶을 살아가게 하는, 그래서 삶을 사랑하게 하는 사람들. 내게는 그런 자매들이 있다. 랜선 자매들과 내일도 지치지 않고 나의 삶, 그리고 우리 모두의 삶을 둥글게 사랑할 것이다.

자매들과 '링가링가'한 모임 레시피

1. 자매들과 오프라인 모임을 약속한다.
2. '내가 가장 아끼거나 공감하는 인물'이 등장하는 책을 한 권씩 고른다.
3. 긴긴 대화가 이어질 것이므로 편안하면서도 자기가 좋아하는 옷차림을 하는 것이 좋은 선택.
4. 나처럼 카페인에 취약한 자매는 사흘 전부터 카페인을 자제하며 숙면을 취해 '수다 떨기 좋은 몸'을 만들고, 식사를 든든히 한다.
5. 자매들이 모여 자신이 선택한 책, 내가 아끼는 책 속 인물을 소개하다 보면 대화는 나의 이야기, 우리 이야기로 둥글게 이어진다.
6. 달콤한 케이크와 빵으로 에너지를 충전한다.
7. 헤어지는 아쉬움은 링가링가한 랜선 후기를 이어가며 달랜다.

오늘도 나를 대접합니다 테스트

- ☐ 나 자신과 가장 친하게 지낼 때 타인과도 잘 지낼 수 있다는 것을 안다
- ☐ 대단한 것이 아니더라도 집에 있는 재료들로 스스로를 대접할 줄 안다
- ☐ 고민으로 머릿속이 복잡할 때는 일단 밥부터 챙겨 먹고 본다
- ☐ 속상해서 흐르는 눈물을 멈추게 할 수 있는 특단의 음식이나 장소를 알고 있다
- ☐ 하루 단 10분이라도 오직 나만을 위한 오붓한 시간을 꼭 챙긴다
- ☐ 자신만을 위한 케이크나 쿠키를 다른 식구들이 찾을 수 없도록 냉장고 깊숙이 감추는 기술을 보유하고 있다
- ☐ 대식이나 식탐 같은 것도 남다른 재능이 될 수 있음을 안다
- ☐ 맛있는 전을 함께 먹다가 마지막 한 점이 남았을 때, 양보라는 위선의 미덕을 발휘하지 않는다

☐ 갑자기 약속이 취소됐을 때 자신과 즐길 수 있는 데이트 코스를 안다

☐ 오늘도 나를 대접합니다 테스트 항목을 보다 디테일하게 만들고 싶어진다

0	오나대가 가까이 하기엔 너무 먼 당신
1-4	오나대의 응원이 필요한 수줍은 당신
5-8	오나대가 함께 '링가링가'하고픈 자매님
9-10	오나대가 모시고 싶은 싸부님

*오나대는 오늘도 나를 대접합니다의 준말

나와 잘 지내는 시간 02
오늘도 나를 대접합니다

1판 1쇄 인쇄 2022년 11월 25일
1판 3쇄 발행 2024년 12월 5일

지은이 강효진
펴낸이 김원자
펴낸곳 구름의시간

편집 김원자
교정·교열 유지은
디자인 류지혜
인쇄·제책 (주)성신미디어

등록 2021년 11월 11일 (제2021-000149호)

모바일팩스 0508-952-7472
이메일 cloudtime2022@naver.com

ISBN 979-11-979287-3-4 03810